平静从我开始……

图书在版编目（CIP）数据

寻找阿噶佩：爱是幸福的秘钥 / 华林 著 .
-- 北京：中国青年出版社，2017.3

ISBN：978-7-5153-4680-9
I. ①寻… II. ①华… III. ①长篇小说 – 中国 – 当代 IV. ① I247.5

中国版本图书馆 CIP 数据核字（2017）第 060375 号

寻找阿噶佩：爱是幸福的秘钥
作　　者：华　林 / 著
责任编辑：吕　娜
出版发行：中国青年出版社
经　　销：新华书店
印　　刷：北京方嘉彩色印刷有限责任公司
开　　本：880×1230 1/32 开
版　　次：2017 年 5 月北京第 1 版 2017 年 7 月北京第 1 次印刷
印　　张：7.25
字　　数：150 千字
定　　价：39.80 元
中国青年出版社 网址：www.cyp.com.cn
地址：北京市东城区东四 12 条 21 号
电话：010-57350346（编辑部）；010-57350370（门市）

Agape

寻找阿噶佩

爱是幸福的秘钥

华林 / 著

中国青年出版社

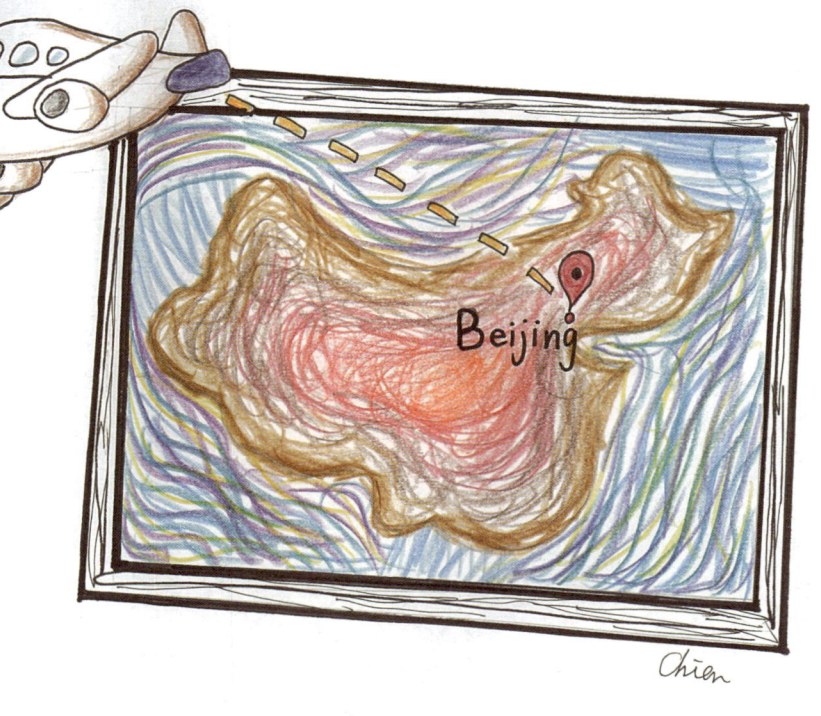

克里斯多弗·庄

慈芯

刘玫

维拉

陈立

悦喜

卫宁

雪晴

Cawdor Castle

It is one of the great privileges in life to be able to share with others what one has learned and experienced in this lifetime. You dear Ladies have given me that joy.

You all came to Cawdor with an open heart, the place, the venerable stones and the trees responded by charging their magic.

It was a wonderful experience for all of us. As the Guardian of this special place, I am grateful that you are passing on to others your thoughts and feelings about Cawdor Castle and Scotland.

I hope it brings pleasure to all who read it.

Angelika Cawdor

　　人生一世，若有机会将一生所学所见与他人分享，那将是莫大的荣幸。亲爱的女士们，你们给了我这个机会。

　　你们敞开心扉，来到考德，而这片土地，这些神圣庄严的巨石和树林，也用它们的魔力给予了回应。

　　对我们所有人来说，这都是一段精彩的旅程。你们能够将在考德城堡和苏格兰的感受和经历分享给更多的人，作为这片特殊土地的守护者，我表示万分感谢。

　　我希望这本书能够将快乐带给每位读者。

安杰莉卡·考德

考德城堡回顾

生命中某些时刻会永远留在我们的心间。我们在这些时刻感到心念的和谐，万物平衡、合为一体。

从潺潺流淌的溪水到随风摇曳的树木，从炙热跳动的火焰到寂静沉睡的山坡，古老的城墙回响着我们的笑声，抚慰着我们的泪水。

考德城堡拔地而起，为疲惫之人提供温暖的港湾，为迷茫之人指引前行的方向。光明重新点亮，灵魂满载而归。历史迎接当下，一切蕴于平和。

最好的祝福

西蒙

目　录

001| **苏格兰，我亲爱的姑娘**

005| **在考德城堡与灵魂相遇**

009| **第一章**

011| 莎翁的《麦克白》

017| 缘起

019| 舒适的家园

027| 考德森林

031| 显赫家族

035| **第二章**

037| 无心插柳

049| 造云工厂

055| 道法自然

063| 我本泥土，复归泥土

069| 义士集结地

083| 与神树对话

093| **第三章**

095| 家

107| 早晨的招呼

115| 夏宫

121| 地狱 – 人间 – 炼狱 – 天堂

131| **第四章**

133| 往昔至美，才要回归

139| 看不见的贵族

147| 己所不欲，勿施于人

155| 保持正念

159| **第五章**

161| 守护女神的力量

167| 爱就是全然付出

175| 告别天使和魔法高地

181| **后记**

苏格兰，我亲爱的姑娘

"Scotland，my dear girl"

安杰莉卡（Angelika）于2009年出版了苏格兰高原和考德城堡图集《Highland Living》，献给她挚爱的丈夫休，并为这本书写了序。字里行间透露了她作为女人的细腻情感，却又不失独立和勇敢。所以我尝试翻译出这一篇《序》，或许可以让你们试着从安杰莉卡的文字读懂苏格兰高原、读懂考德、读懂她……也为我接下来要分享的故事做了很好的铺设。

1960年的巴黎……少不更事的我正准备牺牲掉一部分辛苦攒下的存款，买下香奈儿当季最新款，"可可小姐"在位于巴黎康朋街的精品店亲自为我试装：马海毛混呢子套装，不和谐的青苔绿和赤焰色，反而让这出乎意料的颜色搭配透着一股高贵，呈现极致的完美。当时，因如此美妙且前所未有的色彩组合而目眩的我，大胆地问她灵感从何而来。我至今依然听得见她的回答："从苏格兰啊，我亲爱的姑娘！"

这个答案令我非常惊讶。我当然知道可可·香奈儿小姐曾经和她的爱人威斯敏斯特公爵去过苏格兰，甚至还传出这样的八卦：在一次激烈的争吵后，她把珍爱的珍珠项链从脖子扯下抛入了尼斯湖。但是，对我而言，苏格兰和我的香奈儿套装之间还是无法立刻产生明显的联系。

一直过了许久，在穿过凯恩戈姆山盛开的石楠花丛时，我才发现这个比喻再贴切不过了。很多读者都知道醉人的苏格兰风光，尤其是在春天里金黄色阳光的照耀下，高原散发出的独特、令人着迷的魔力，一旦你与之呼应，她将再也无法被替代。在过去的30年里，我就这样活在考德城堡令人快乐的魔法里。

我爱这个地方的所有事物：远处荒野之上淡蓝色的山峰；大树林里老橡树的叶子；能够蒸馏出威士忌的纯净泉水；洗、掸羊毛的

工坊；熟悉的高原牛群轮廓；赫布里底羊（通体黝黑并顶着 4 个对抗用的羊角）；从城堡瞭望塔往下观望花园中令人眼花缭乱的花床和精心修剪的灌木丛；符号花园的哲学；会客厅壁炉里炽热燃烧的泥煤（而壁炉就在油画中历代领主和家族里朦胧却有魅力的鬼魂的注视下）。是的，所有所有关于考德的事物都令我快乐，即使是因莎士比亚而永垂不朽的《麦克白》悲剧。就像我的公公说的："要是巴尔德（莎翁的别名）没有写出这该死的话剧！"而我则每日都对莎翁这位最优秀的宣传人员表示感谢。

是的，考德城堡或许是整个苏格兰的缩影，甚至是苏格兰魂的精华。我将每个这样的地方都视为有自身权利的生命体：自然地演化，而我们不应该尝试改变它们。我们将永远只是看管人。我们应该尊敬这些先人建立、装饰、转变和修复的遗产，应该保存这些我们接手的世世代代的传承。

当我的丈夫于 1993 年去世时，我继承了他在考德的这份产业。我是以沉重的心情接受这项无比艰巨而又浩大的工作的，但是同时，又有什么比延续 6 个世纪的作品更让人感到充实呢？我将自己视为这条悠久、延绵的历史链条中的一环。

至于可可·香奈儿小姐，我相信是考德城堡——墙壁上刻着象征考德的坎贝尔家族的暗号：两个交叉的 C 让她找到灵感，设计出这个为她带来无穷财富的标志。愿她的品牌和考德城堡的古老石头一样长长久久，生生不息。

在考德城堡与灵魂相遇

"你们可以放心地把情绪留在这里，带着纯粹的心灵离开城堡。考德这片土地很包容，足以承载你们所有人的情感。"

这是我在当下没有思索太多，却在离开城堡以后，重复回味的考德夫人的一句话。

出现在莎翁笔下的麦克白故事中的考德城堡，有无数令人心向往之的故事：600 年的历史传承、来自异国的女主人和古堡的缕缕情缘，古堡后面那一大片冰河森林在过去数十万年对人类的馈赠，居住在其中的贵族及散发的场域，角落里那棵能量满满的冬青树……这些或雄伟或浪漫的传说，每年吸引了数万游客。

但是，更重要的是，这个静谧空间中发散出一股坚定的能量，开启了想要苏醒的心灵，唤醒了渴望得到使命之钥的灵魂。或许，这个地方的特殊，不在于女主人是奥黛丽·赫本的闺蜜，更不意味着我们将住在英国的伊丽莎白一世女王、现在的伊丽莎白二世女王、查尔斯王子、日本的德仁天皇曾经下榻的房间；而是在这里可以感受到宇宙的能量和身心灵产生多维共振。这种振动，如果我们保持正念（mindfulness），足以让我们"卸载"在人世间一切的包袱、伪装和难免的烦恼，让考德这片万年净土宽厚的承受，还原纯粹的我们，和灵魂相遇、合一。

在深深的触动和感恩下，我们七位女子决定写下在考德城堡和考德夫人共处三天的故事、得到的启发、萌生的情谊和许下的承诺。虽然我们非常不专业，文笔生硬笨拙，但是我们相信这是最能够表达对考德这片土地和考德夫人的敬意的方式，并希望将考德精神无私地与更多人分享。我把这本书分为五章：第一章主要介绍考德城堡的建筑设计、历史和各代领主的故事；第二章描写的是我们在苏格兰高地的大自然间，因体验天人合一，而得到似有非无，却又对

我们产生强大震撼的体悟，让我们开始反思人类的渺小，所以对大地应该保持谦逊和敬畏之心；第三章叙述在城堡里的点滴生活、城堡的悠久历史传承，给予我们的感动及对人生的思考；第四章表达了我们如何从日常生活细节中，尝试抛开中西文化差异去理解真正的贵族内涵所象征的精气神和价值观；第五章传达的是女人与生俱来的爱心和勇气，要在这个时代独立并坚强地活出自己，做让自己内心快乐的事情。

Agape
第一章

莎翁的《麦克白》

Macbeth *by Shakespeare*

我最开始知道位于苏格兰高地的"考德城堡"（Cawdor Castle）这么一个地方是听北京国际交流协会可持续发展专业委员会会长庄老师提起的。在进一步阅读有关城堡的介绍时，我发现早期有一位作家认为考德庄园的每一个部分都能"激发脑海中最深邃的探索"，而且被大众称为"苏格兰高地最优美的古堡"，这下子，我的好奇心彻底被勾起了！

经过在网络上简单的搜索后，我才了解考德城堡在近代的响亮名声要归功于莎士比亚笔下四大悲剧之一的《麦克白》。

麦克白大约生于 1005 年。他的母亲是多纳达，苏格兰国王马尔柯姆二世（1034 年被杀）的二女儿，他的父亲是芬德莱，莫瑞的酋长。麦克白娶了格鲁欧齐，肯尼思三世国王（被俘、失明，卒于 1005 年）的孙女，早年丧偶。格鲁欧齐的哥哥和她的第一任丈夫（1032 年被烧死）死在他的继任邓肯一世国王带领的部下及追随者手中。

为替妻子报仇和争夺王位，麦克白成功地终结了邓肯的统治。1040 年 8 月 14 日邓肯在皮特加夫尼受了致命的伤，最终死于莫瑞的埃尔金城堡。麦克白在珀斯外的斯昆被加冕为苏格兰人的君王，妻子也因此成为王后。邓肯的父亲，武士修道院院长克利南，在 1045 年发起暴动，反对麦克白的统治，但死在战斗中。1050 年，麦克白和他的表弟凯恩内斯伯爵托尔芬前往罗马朝圣，向教皇利奥九世寻求赦免他们的罪恶。

　　麦克白于 1057 年在一次小规模战斗中被杀，下葬在神圣的艾奥纳岛上国王的墓园里。麦克白的继子，一个叫作卢拉赫（Lulach）的傻瓜在仓促间被推上王位，却在几个月内就被废黜（在 1058 年被暗杀）。邓肯的儿子马尔柯姆最终成了马尔柯姆三世国王。但是他也在第五次入侵英格兰时因为过于高估自己的能耐而失败（阵亡于1093 年）。命运也完成了整个因果循环。

　　麦克白的历史故事被后来的历史学家们用古老的预言及更古老的神话继续演绎编织在一起，显得更耐人寻味。根据一位圣安德鲁斯天主教堂的司铎（天主教神父的正式品位职称）在1406年的讲述，正在睡觉的麦克白曾经梦见三个怪异的女巫轮番低声预言他的命运：克罗马蒂领主、莫瑞领主，最后是苏格兰国王。

　　之后又有一位历史学家波爱修斯修改了这个版本，创造了洛哈伯领主班戈这个新人物，并将克罗马蒂领主改为葛莱密斯领主（Thane of Glamis），莫瑞领主改为考德领主（Thane of Cawdor）。这个版本一直被沿用至今。因此在莎士比亚笔下，麦克白（Macbeth）及班柯（Banquo）战胜归来，经过战地旁的树林时遇到三个女巫。第一个女巫称呼麦克白为葛莱密斯领主，第二个女巫称麦克白为考德领主，第三个女巫称他为苏格兰国王；班柯虽然不能当统治者，但他的后人会成为国王。女巫预言后随即消失。

每个拜访考德城堡的人都会询问麦克白、考德与莎士比亚之间的关系。真相是这出戏发生在 1040-1054 年这段时期，但是考德城堡是直到 14 世纪晚期才开始建设，所以在这个庄园内，国王邓肯不可能流过一滴血，麦克白夫人也不可能在此睡过一觉。

　　其实不符合史实的不只是这个细节。

　　"我认为真实历史上的麦克白是苏格兰最伟大的国王。事实上，麦克白统治了 17 年，在我看来也是苏格兰的黄金 17 年。当邓肯的儿子马尔柯姆从英格兰回家并杀死麦克白为父亲报仇时，苏格兰人民都深陷悲恸中。麦克白的名誉完全毁于这部所谓了不起的作品！"安杰莉卡这么解释道。

　　但是无论如何，莎士比亚的这部作品还是具有巨大的影响力。

安杰莉卡回忆着她的蜜月："我们 1979 年去缅甸度蜜月时，酒店前台的领班一直等我们到半夜两点，一见到我的丈夫他就无比兴奋地问：'你是考德领主吗？'一看就知道他是莎士比亚的狂热粉丝。"

缘起

考德（Cawdor）在盖尔语的意思是穿过繁茂树林的溪流。早期的卡尔德（Calder）（考德的旧式拼法）的领主们被任命为奈恩（Nairn）皇家城堡的司法长官和世袭警官。这座由雄狮王威廉于1179年建起的要塞，地处扼制奈恩和近海处渡口的位置，用于控制因弗内斯（Inverness）和埃尔金（Elgin）间的沿海通道。

当时的那座城堡早已无从寻觅，仅留下很久以后在那里建起的豪宅，还起了一个温文尔雅的名字：警务花园。

1695年开始的反常气候使得苏格兰粮食大面积减产，甚至绝收，大饥荒使苏格兰人口直接减少了15%。而英格兰也转变态度，对苏格兰慷慨解囊，因此在1707年，苏格兰王国在别无他法的情况下终于与英格兰合并，双方于5月1日正式"联姻"。但是这个联盟"婚后"也并不稳定，还发生了"9月15暴动"。整个城堡侥幸度过这个黑暗时期，毫发无损，多数人除了"好运"和"上苍的保佑"外再也想不出更好的理由。要让中国人来说，考德城堡简直就是"大难不死必有后福"的典型事例。

舒适的家园

Home Sweet Home

命中注定能平安度过苏格兰的灾难并将考德领土安定发展的是休·坎贝尔爵士（Sir Huge Campbell），他在查尔斯国王复位的 1660 年及冠并被封为爵士。

从幼年起，休爵士就听说不同家族之间可以因为怎样最好地赞美同一个上帝而发生致命冲突，造成尸骨遍地、血流成河的惨状。他学会了如何判断危险：他的亲戚，第 8 和第 9 代阿盖尔伯爵都是因为迷失了方向，不能坦诚行事做人，因而掉了脑袋。

和他们不一样，休爵士倾向于埋头做自己的事。他在他的艾莱岛上为自己建了一座新宅邸，娶了一位不带嫁妆的好女人——亨利埃塔·斯图亚特夫人，并一起着手将旧城堡改造成宽敞的宅邸。开始时很简单：较大的窗户、像样的壁炉、一张奢华的大床、明亮的色彩、讲究的细节、书籍和定制的壁毯。

尽管时代动荡不安，休爵士还是在 1684 年签署了一个雄心勃勃的建筑合同，来满足他迫切需要的宽敞的生活空间。毕竟整个家庭成员有 9 个 4-21 岁的子女和员工：牧师、管家、厨师、厨师助手、搬运工、车夫、2 名杂役、2 名侍女、女清洁工、3 名牧牛女和 1 名挤奶女，加上夫妇 2 人——一共 26 口人。

　　额外的空间是透过将早期的扩张部分再增加一层来获得，老厅中的壁炉将被扩大很多，所有的烟囱也将被改进。这些都是为了在越来越冷的冬季里，即所谓的小冰河时期能有个舒适的环境。

　　休爵士对格调的感觉促使他进行宅院的整体设计：小塔将被拆除，北墙将被重建以使它与其他部分外观一致；他想把内庭院规整成方形，并为其配备一座典雅的楼梯；他还建议盖上平面的铅屋顶，边缘加上帕兰朵老意大利风格的石栏杆。但是这个想法被他的无事

不晓的聪明侄子破坏了，做成了时髦的流行样式。

这一项目中只有部分工程完成。1699 年又签了一份新的合同，将项目延续下来，并提出了新的想法，例如，令人讨厌的小塔终于得以拆除；休爵士在前门对面建起一座平顶的、带有华而不实的箭孔胸墙式围栏的图书馆侧楼；为他装在老厅内的低调且带有族徽的壁炉而设的巨大烟囱的烟道现在必须缩窄，这样才能发挥正常作用，不至于让烟熏着家人。这些合同的所有工程要在 24 个月内完成，像往常一样，合同款部分用银币、部分用地里的谷物分期支付。石头主要从采石场获得并直接运到城堡前面。砂浆用的石灰是从纳达维获得或将海边的空贝壳收集、碾碎和焙烧来制成的。领主向石匠们提供从撬棍和棚架到铲子和手推车等的所有工具。他与石匠领班一起规划更改、监督进度，并负责让工匠们以"他们自身的信誉"为保证来完成所有工作。

作为一个地方的农村团队，他们的成就令人赞叹。1702年年底，休爵士完成了他的城堡改造项目。他的祖先将城堡打造成一个能用沸油和熔铅来"接待"掠夺者们的军事堡垒，而他现在可以愉快地在舒适的家中，在温暖的炉火旁用香甜的热红葡萄酒款待朋友们。

休爵士在考德留下的建筑遗产让所有的访客都感受到了踏实的感觉和宁静的魅力。1716年休爵士的去世标志着一个时代的结束。他去世一年之前，宣布支持詹姆斯二世党——支持斯图亚特王朝君主及其后代夺回英国王位的一个政治、军事团体，多为天主教教徒组成。詹姆斯二世是英国最后一任天主教国王。1688年，英国资产阶级和新贵族发动了一次非暴力政变，推翻詹姆斯二世的统治，防止天主教复辟，在历史上称为光荣革命。但是詹姆斯二世党在苏格兰高地地区仍然有许多拥护者。休爵士的政治主张使得家族的处境很尴尬。最后，孙子约翰取代了他的位置。休爵士和家人离开苏格兰移居到伦敦及气候温和、政治气氛也不那么惊心动魄的威尔士。起初，约翰的叔叔阿奇博尔德·坎贝尔爵士（Sir Archibald Campbell）在考德管理房产并打理这座庄园，实施了一个内部维修和改进方案，于18世纪20年代在旧屋顶上重新铺石板并从头开始建了一座新花园，以替代一个世纪前的花园。对暴动和革命，坎贝尔爵士完全不放在心上，他更关心他的油桃的生长。

接下来的100年，这个地方由房产代理人进行运作，将城堡保护得风雨不透。除了具体的指令以外，其他的城堡管理事务都由房产代理人自行决定。其实，领主对资产长期疏于打理也未见得不是一件好事。因为在那个时代，很多府邸毁于战乱，还有更多的宅院由于自负的主人想要把房子改建或者重建，让其更加宏伟、更加时髦，最后反而导致房屋被拆除或彻底摧毁。

当吝啬的代理人为苏格兰的考德资产精打细算的时候，家族竭尽精力和金钱在威尔士建造了庞大的寓所，并在伦敦的房子里塞满艺术品。19 世纪初，尽管城堡有些年久失修，但本质上仍然是"古老的、享誉的和令人愉快的所在"，是休爵士的孙子迫切想向他自己的孙子，也是第一代考德男爵推荐的卓越范例。

没多久，休爵士就故去了。1819 年的一场意外大火破坏了塔楼的中间几层，毁掉了早期的家族肖像和装饰。休爵士的儿子，第一代伯爵，对城堡进行了 120 年以来的首次重大扩建。1826 年，他在南边阿奇博尔德爵士现已成熟的花园对面盖了一座结实漂亮的与城堡相连的房子，让代理人居住。这样让代理人与城堡的命运休戚与共，一旦城堡着火，那么他们将与那些长椅、箱形床和夜壶一起被烧成灰烬。

19 世纪下半叶，第一和第二代伯爵均对宅邸做了扩建。在跨越

现在已经干涸的护城河的开合吊桥右侧，休爵士在图书馆上面铺的平面铅顶因漏水而被带着雕花窗的斜屋顶替代（1855 年）。带有罗马蜡烛角楼的平衡侧楼也是相同的风格；屋顶铺有异国风情的来自最黑暗的英格兰的海绿色威斯特摩兰石板（1884 年）。北沿的脊线部分被加高并以良好的雕花屋顶窗点缀其间。靠近东端的地方，在毫无实际用途的小塔上用枕梁支起一个角楼，仅作为一种奢侈花哨的装饰。代理人的房子被扩建并连接进入城堡建筑物的两端。

就像电视剧里演的那样，考德城堡里当然有一个面积不小的厨房，在 1640—1938 年间处于频繁使用状态。古井的水通过城堡地基的红砂岩引入堡内。岩层向着西方朝下倾斜，在夏季和冬季，水通过这些岩石渗透，以保持境内有约 2 米深的泉水。橱柜是个老冰箱。厨房里还有熨斗、挂衣架、火炉的三脚架、暖锅、圆形磨刀具、黄油搅拌器、松糕托盘、磨盘、巡航灯、陶罐和其他无价的废物，其中好些东西已经无法辨认。所有这些锅碗瓢盆曾极受厨师们喜爱，当最后一位厨师长在被告知将更换崭新设备时，她当即提出辞职，由此可见其喜爱程度之深。

现在的考德城堡在安杰莉卡的妙手巧思下，从中古时期的要塞转变为一个典雅却不失温馨的住所：有两个经过频繁改装后高雅的、在冬天里总是烧着熊熊炉火的客厅；在 17 世纪开始增建的多个精心装饰、美轮美奂的与走廊连接的卧室；宁静的图书馆中摆放着不让触碰的古董绝版藏书和城堡里唯一的一台电视；现代厨房就在餐厅边，以保证每道菜端上餐桌时仍然是热腾腾的，香味扑鼻。

Agape

考德森林
The Big Wood

　　历代的考德人一向以他们对树木的喜爱而著称。而在考德庄园的中心，正是一片被精心看护的 7284 公顷森林。考德人一直以近父爱的方式在保护这片树林，甚至对试图破坏树林的人做出严厉的处罚。

　　"对我们来说，每一棵树本身都是一个有权利的生命。我认得它们每一棵。我像当初罗德西亚的丛林居民教我的那样跟树木对话。它们发散出的能量流真实、强大得令人咋舌。因此，我将自己视为这片树林的看护人，而不是主人。"深深相信与大自然和谐共生的重要性的安洁莉卡解释道。

　　这片"大树林"是古加勒多尼亚（古时苏格兰的别名）森林的遗迹。它在今天看起来和上个冰河世纪末时的情形相差无几。林子里主要有三种树，自创世以来它们就存在——有着扭曲树干和多节树根的橡木、桦木、苏格兰松树以及 1806 年种下的落叶松；与这些树木并肩存在，脆弱但是同样永恒的古山毛榉、花楸、白杨、白榆；当然少不了冬青和杜松这些在这种气候下处处可见的树木。大树林因此是一个独一无二的遗产，在苏格兰找不到第二个同样的原始树林。"大森林是考德魔法真正的所在地。"安洁莉卡透露道。

在庄园里，覆盖着欧洲蕨的山坡、被地衣形成硬壳包满的高原桦木和高原牛的红褐色毛发显得非常和谐。高原牛也是古老的品种，其肥瘦混合的肉质和绝佳滋味完全来自于当地的牧草。

古老的植物群还有很多不同寻常的物种，有不下130种的地衣，其中好几种还是世界上其他地方找不到的，它们意味着这片土壤肥沃和空气的洁净度异常高，同时苏格兰降雨量又很低。

"你们想象不到有多少植物学家和热爱大自然的人喜欢来这里散步。带着望远镜和笔记本的鸟类观察家也是森林的常客。"安洁莉卡笑着说。

几个世纪以来，橡树是大森林最主要的树科之一。城堡的档案显示，在 1720 年，有人从大森林砍了 900 棵橡树，换得了 300 英镑的收入。这些树木在 18 世纪中又被种植回去。除了木材，考德的橡树也对英国海军做出了巨大贡献。

在 1953 年的一场"狂风"破坏了这片壮观的森林。这场"狂风"之后，安洁莉卡加强了对健康树苗数量的控制，以保证树木的持续生长。所以，在过去的 50 年，看来浑然天成的森林其实是在专业但是又不着痕迹的精心护理下形成的，因此和大自然达到如此和谐的平衡。

春天是拜访大森林最好的季节，崎岖不平的泥土地上遍布着错综复杂的树根，铺着仿佛花毯般的野生豌豆花、风信子、蕨类、青苔、金银花。这一切莫不是在提醒我们要珍惜这片有很多人在付出不懈努力保护的大自然。

Agape

显赫家族

Distinguished Cawdor Family

　　在苏格兰，领主在皇家的尊严和地位相当于男爵。一位领主通常是一个宗族的首领，也是他所在地区的行政长官，握有生杀大权，并且只对国王及其副手或上帝负责。领主（thane）一词是从撒克逊人那里借来的，而他们又是从斯堪的纳维亚头衔 thegn，即国王可信赖的仆人沿用来的，就像伯爵（earl）沿用斯堪的纳维亚头衔 jarl 一样，这些都是中世纪时贵族的古老名称。

　　关于早期的考德领主事迹已经不可考。唐纳德是第一位见于记载的考德领主，他作为 1295 年一份刻板法律文件的见证人之一进入了历史。第二代领主威廉在 1310 年接到国王罗伯特颁发的特许状，确认他在国王亚历山大二世所许诺的同样条件下继承领主地位，即每年象征性支付相当于当时的 8 英镑。

　　无论是苏格兰还是考德庄园，都经历了极度的动荡和危机。直到进入上述对考德城堡做出伟大建设的领主休爵士时代，考德庄园的发展才渐渐出现曙光。休爵士的侄子科伦·坎贝尔更是一个有成就的人，他在法律和建筑领域都取得了卓越成就。休爵士的儿子·亚历山大爵士曾经在剑桥大学就读，并且娶了同学的姐姐。亚历山大爵士的儿子约翰曾在政府位居高职，曾任海军大臣和财政大臣，并且娶了威尔士地主的女儿。我们可以看到，考德的领主们开始摆脱打打杀杀的生活，越来越追求学术上的造诣，并且透过联姻不断与其他地区的望族建立连接。

约翰的儿子普莱斯曾经随手就能用拉丁文写诗：

神赐予我们这些愿望：人在青年要诚实和真挚，
老年要接受和平与安宁；考德要赋予子孙财富和荣誉。

这充分显示了当时苏格兰绅士的良好教育。他们多数懂得拉丁语、法语、意大利语等多种语言，还懂得法律、建筑及多项运动，例如击剑和打猎。女士们也必须具备音乐、文学、绘画、针线、使用草药等技艺。

19 世纪结束时，考德家族不但在宫廷受到高度认可并在议会的上下两院声名大噪。其最大的成就是，根据 1883 年的调查表明，考德勋爵是"拥有英国 10 万英亩以上土地的 28 位贵族中最年轻的"。

考德家族似乎命中注定要在平静的银色海面上展开一帆风顺的航程。男孩们都去伊顿公学和牛津大学基督堂学院受教育，女孩们都优雅美丽。等到了 1914 年，14 岁的小"考德"在海军中学习如何保卫这些岛屿。他的长辈们都参加了第二次世界大战，其中有几位考德的坎贝尔获颁许多奖章。家族的 12 名男子由于英勇作战共获 24

个奖牌：6 枚军事十字奖章、15 次杰出服务嘉奖令和 3 枚维多利亚十字奖章。

最后一位故去的考德勋爵卒于 1993 年。他与他的很多祖先就像一个模子刻出来的——都是集知识、智慧、勇气、沉默和愤怒为一体的彩虹。

Agape 第二章

无心插柳

Serendipity

　　庄老师自 2013 年开始，每年 2 月都会去考德城堡拜访城堡领主——考德夫人，在考德城堡于 5 月对外开放参观之前住上三天，与夫人深入探讨宇宙的能量、世界的局势、人生的哲理。他们总是能够无话不谈。一方面，夫人像姐姐一样对庄老师做的公益事业给予支持和关怀；另一方面又像个谦逊的学生，向庄老师询问此生来到人间的任务，是否完成了对城堡历代先祖许诺的使命。2016 年 2 月，庄老师决定带领六位女性和作为工作人员的我一同拜访夫人。一段旅途能够成行，不乏很多偶然和巧合，事后回想，又会发现其中的必然，不禁莞尔一笑或者啧啧称奇。

　　这个姐妹团，除了我，其他六位都是在人生和事业上颇有成就的女子。这七个人里，悦喜是一个心灵导师，口才好、感染力强，她以家人间的亲密纽带为核心创建了"真爱"课程，现在和一群志同道合的朋友在成都周边建立了华道生态社区，并以此为使命；卫宁是外企高管出身，领导力强、规划缜密，又懂得照顾体恤身边的队友；陈立是一个温柔的女子，学识渊博却不古板，特别热爱艺术和文化；刘玫热情有魄力，从传统房地产业女强人成功转型，成为"新农人"的表率；维拉是一个成功的跨国企业老板，却毫无架子，不但真诚直率，内心还有女孩特有的浪漫；雪晴经营一家中国文化会馆，同时精研中国武术，就像一个有高尚民族情怀的女侠；我，慈芯，从事公共外交工作，这份职业让我要随时动脑动嘴，所以平时在工作状态时的我，更喜欢默默聆听和低头做事。

庄老师是北京国际交流协会可持续发展专业委员会会长，大家的精神导师，他笑称我们一行是七个白雪公主和一个小矮人的组合。七个公主个性鲜明、背景迥异，加上庄老师煞费苦心为我们安排这次奇幻之旅，我相信这次的探索一定会很精彩。

后来我才知道，曾经在美国一个上市公司中国总部担任高管，在工作上一向严谨认真、使命必达的组长卫宁，最初对考德城堡行充满了疑虑。心直口快的她从不掩饰自己的疑问："难道我们一定要去体验古老的贵族生活才能提升自己吗？我们现在有这么多的工作要做，哪里有闲情逸致去体验奢华的贵族生活呢？这么做有什么特别的意义吗？"

幸好卫宁对于未知的好奇和自我提升的坚持让她最后还是抛开了顾虑，敞开心扉，接纳一路上可能发生的美好。

她说虽然庄老师反复说一定要去，跟伯爵夫人体验贵族生活是完全不同的体验，是对我们心灵的一次洗涤和提升。可是她的心里多少有些不那么确定。而当她迈开脚步和庄老师一起去机场时，她忽然间觉得这一定是一趟丰盛之旅，因为有庄老师在。一切果然是那么美好，美好到不可思议。

成立过多家跨国公司，走遍大江南北，称自己为世界旅人的维拉更是再次见证了奇迹似的巧合。她兴奋地和我们分享，说她三个月内竟然飞了三次英国！再次来到英航柜台，却发现又是上次那个她写过表扬信的服务人员。三个月前的事情历历在目：由于维拉的新秘书初来乍到，在订去英国的机票时将维拉的英文名字搞错了，险些没能正常登机，多亏那位服务人员的帮助才得以赶上。当时维拉是感激万分，执意写感谢信给那位服务人员的领导。没想到，这次又碰到了她，维拉很是开心！这位服务人员一如既往、热情而细致地给我们每一个人服务，一股暖流浸入心田。到登机口登机时，再次见到同一个人，好有趣，真是缘分！

　　至此，我们每个人都还没有意识到这次旅行的特殊性、意义及价值。是的，包括维拉自己都不知道，接下来的旅程中她将接受多么深层、有如脱胎换骨般的心灵洗礼。

刘玫是我们里面最贴近大地的公主了。因为她创立的新农创集团就是联合了首农集团和首创集团，以发展生态农业和乡邻小镇为己任，引导农民不用农药化肥，把产业留在乡村使市民回归田园，结束乡愁。跟刘玫聊考德夫人对大地的呵护，她一点也不惊奇，仿佛已经在梦中拥抱考德城堡这片净土无数回，像游子般深切期盼着这次的"重逢"。

刘玫说：我们在尊重自然、亲近自然、热爱自然、保护自然的前提下，是可以顺应自然的发展趋势，从而改变自然、引导自然的。这便是时代英雄的神圣使命。

对中国文化最热爱、最有研究的非九朝会创办人雪晴莫属。当她知道考德城堡有 600 多年的历史时，她开始思考这段在中国历史上跨越明、清、民国，直到当代的岁月，在考德每块墙砖上刻画下的石斑纹路和裂缝参差。

雪晴说："我们可以通过文字或物件对历史进行抚触。而物件在数百年风雨侵蚀中留下的破碎材质，正体现着历史的温度。其实中国文化也博大精深，丝毫不弱于西方文化。我们有断层，有传承上的误解，不代表我们就不要找寻自己基因血液中最纯正的精神了。"

我希望雪晴能在代表欧洲文明的城堡里找到她渴望探寻的中西文化精髓，在二元文化重叠交错和异曲同工中再次体悟华夏民族的精神传承。

悦喜人如其名，是一个全身心充满喜悦、柔美和富有爱心的女子。她此生只知道专注于聆听内心和灵魂的声音。对，我说"只知道"，因为这是一份在人间极宝贵的纯粹。她因爱而生，因爱而奉献，因爱而有勇气承担。悦喜对苏格兰高地的勇士精神和贵族内涵憧憬已久，在抵达城堡前就已经感受到心一寸一寸地柔软展开，有些什么在身体里渐渐苏醒的感觉，熟悉而又久违。

她说："万物一体，当生命无我利它之时，内在神性的声音自然能被听见，当生命无条件地给予时，人人都是贵族！"

我叫慈芯，在 10 岁离开出生地台湾以后，一直在世界各地游历。从东南亚、大洋洲、欧洲、中南美，乃至非洲，除了南极以外，都有我的足迹。本来以为可以当个导游终老的我竟然被培养成了民间外交官，自硕士毕业就为许多国际人士担任翻译和文化项目对接的工作。这次也不例外，我满脑子都想着如何替"公主们"和考德夫人在有限时间内促成最融洽的交流。没想到，我自己也经历了毕生难忘的体验。我想说的话，在此卖个关子，是我至今没有和任何人透露过的秘密心愿。如果你们能耐心看下去，答案自然会揭晓。

其实我们这七位公主早都是认识的了，其中有认识多年的老友，有相识很久却属于点头之交的朋友，也有数个月前因为这个团才结缘的新交。旅游就是有这个好处，让人远离平时惯有的干扰和纷杂，转换到一个新鲜环境，而且还是专属的空间，让人的心、思考都沉淀下来，却又处于心胸开放的状态。在这种"非舒适区"里，团员每每很自然地忘记了烦忧，放下防御，用"心"建立起情感连接和默契。巧妙就在这种不经意间。

通常这种不经意的效果可以透过精心设计来达到。好比"乒乓外交"，透过中美两国的乒乓队互访，看似纯属体育领域的友好活动，打破了当时的外交僵局。有的时候，不经意的前提真的就是不经意，好比这次。

这次旅程安排，因为组长卫宁已经忙得人仰马翻，因此去过古堡两次的我，就顺理成章地接手了后勤工作。我一直在犹豫到底采取何种方式从伦敦到距离古堡车程 20 分钟的苏格兰因弗内斯市比较适合。一种是从伦敦希思罗机场坐 80 分钟的车到盖特威克机场，然后过一夜，第二天早上搭乘飞机直飞到因弗内斯，另一种是从希思罗转机到爱丁堡过一夜，然后第二天早上搭乘近 4 个小时的火车到因弗内斯。这个行程有很多细节要考虑，首先是大家长途跋涉的劳累，行李又多又重，路途上花费的时间和各种交通工具的舒适度；其次就是抵达目的地后如何最有效率地展开活动。很多人以为只要外语好加上口若悬河、妙语如珠的能力，就能胜任外交官，其实不然，台面下牵一发而动全身的琐碎事多着呢！

最后经过综合考量，我决定让大家一口气飞到爱丁堡，休息一晚，第二天早上享用丰盛的早餐后再坐去因弗内斯的火车，到了古堡正好是午餐时间。坦白说，当时我心里很忐忑，生怕大家会抱怨乘坐 4 个小时的火车很辛苦。结果第二天大家在爱丁堡奔驰飞向因弗内斯的列车上却是很自在地享受当下。

刘玫静静地坐在窗边看得出了神，看到忽而青松翠柏、牛肥羊壮，忽而湖光山色、重峦叠嶂。这般美景同样也吸引了我们拿出手机捕捉每一幕旖旎风光。

　　窗内又是另一番情趣。陈立在清幽的大自然中拿出整套旅行用茶具在火车上泡起了工夫茶，其他乘客在见识中国茶道之后，脸上都表现出佩服的表情。这时我大大松了一口气，开始进入睡眠状态（我到哪里都能倒头就睡的本领在中外团队里已经小有名气了）。

　　恍惚中，我听到大家喝茶后纷纷打开了话匣子。在庄老师的引导下，大家开始期待在考德城堡可能发生的奇迹，包括收获爱情和灵魂伴侣，找到生命的真谛，聆听万年冰河森林想传达的信息；还有希望受到考德夫人的启发，体会女人天赋的智慧……4个小时，很快就过去了，我根本还没睡饱……

    我后来回想，觉得选择坐火车，4个小时内哪里都不能去，被"困"在小小的车厢里，反而让七个公主之间的感情迅速升温，还制造了一个彼此深度交流、做团队建设的好机会。

    "不经意"代表了打破约束和规范、打破习惯，在自己的生活中腾出更多空间，再添加点想象力，创意往往就在不经意间产生，惊喜也藏在不经意间。只要用点心把握当下，看似随机的人、事、物就能够巧妙地变成缘分。

造云工厂
Cloud Factory

下了火车，我们坐上考德夫人为我们预订的出租车，一路往城堡去。

我发现欧洲小镇居民有一个特点，就是以自己的老家和职业为傲，所以通常会从他们身上感受到一种强烈的归属感，并且透过滔滔不绝地讲述小城故事来传达自己对家乡的感情。

从火车站到考德城堡大概是 30 分钟的车程。道路两旁，放眼望去是无垠的草原和农地及悠哉闲散的牛羊。深呼吸时，冬末的新鲜空气顺着鼻腔进入全身，无比舒畅。尤其从被雾霾长期笼罩的北京来到动物比人多的苏格兰，让我重新审视平时居住的喧嚣城市与淳朴乡村之间的反差。

从什么时候开始，都市生活和幸福感被画上了等号？住在大都市里带有电梯的水泥楼房，每天开着努力存钱买的第一辆车堵在上班的路上；在配备空调的办公室中一边敲打着键盘，一边还接着这一秒客户下一秒供应商的电话；老板使个眼色，便赶快抱着呕心沥血准备的一叠报告去会议室开会；忙里偷闲时不忘跟同事交换股票经，好多挣几个钱在年底时能和家人去马尔代夫度假，或者至少去澳门血拼犒赏自己一年的辛苦；下班后找个馆子和朋友聚聚，顺便避开晚高峰……这是绝大多数大城市里白领的生活写照。换个角度看，自己可是住在高级公寓，每天上下班也不用挤公交地铁，这么多的电话和会议代表客户喜欢、老板看重，再跑跑关系，升职是意料中的事，加上理财有道，应该很快可以还完贷款，甚至再买一套房子，就正式晋升为中产阶级，在同学中可以稍稍抬高一点下巴。那么努力不就是为了这个吗？

但是，我们人生中最独立自由的 30 年真的要这样去生活吗？我

们用了一辈子相信权威、媒体，相信路人甲乙丙丁给自己的建议，却失去勇气去尝试内心真正想做的事情，更不相信凭自己的能力可以实现梦想。我始终不明白，人类怎么会和自己也断了连接，导致信心会匮乏到要依赖别人为自己做决定的地步。

当然，我也不完全例外，但是天生不服输的个性，总是不断鞭策着自己做心里真正认为是对的事情，并从与他人分享过程及成果中得到乐趣。

突然左前方出现一栋古朴的农舍，红砖堆砌的烟囱里冒出一团团白雾，圆的、椭圆的、波浪状的，飘在蓝的几乎不真实的天空中，久久才散开。

司机师傅得意地说："这栋农舍在我们小时候就有了，是一座磨坊，我们都叫它造云工厂。孩子们每次经过这里，看到全年无休的烟囱里飘出一朵朵形状各异的'白云'，都会停下来，很兴奋地等着看，甚至互相打赌看能否猜中下一朵'云彩'的形状。"这些"白云"不属于任何人，更没有人能把它们装进口袋里带回家，但是幸福的感受是真实的，并且透过分享感染了我。当我想象天真的孩子们等待云朵时的雀跃和欢呼时，脸上早就扬起了笑容。

我们能不能为内心那蠢蠢欲动的梦想而努力，并不吝啬和他人分享，把磨坊变成造云工厂，把石头和水变成一锅可口的汤?

道法自然

考德城堡位于英国因弗内斯东部约 16 公里的教区花园之中，城堡是建于 15 世纪的中世纪塔式楼，在之后的几个世纪里又经过了数次扩建。她不只是一个城堡，也是一个巨大的庄园，面积 23 470 公顷。虽然现代化为城堡带来了手机和互联网，但是在考德夫人全心全意的高效率管理下，考德的生活方式仍依循由来已久的传统，如同时间的流动不存在于这片土地上。考德城堡出名的部分原因是因为其是莎士比亚四大悲剧之一《麦克白》的故事发生地。虽然真实的历史事实是：麦克白王是 11 世纪苏格兰的一位国王，而考德城堡在 300 年后才建立起来。可是经过艺术家的加工，历史的真实性已经无足轻重。

在这个人迹罕至之处，在这个方圆几公里甚至几十公里人烟稀少的地方，这座历时几百年的城堡，依然巍峨地矗立在这里。城堡的建立主要是为了安家护院，防御外敌入侵，经历过数次战火，面对无数风云变幻，甚至不测，考德城堡未有毫发的损伤，屹立不倒，不能不说是一个奇迹。而今天在时光流过了600多年之后，不要说住在考德城堡里，哪怕是短暂的停留，都会深深地感受到，这里如果不是天堂，也是宇宙的某个中心。我们的敬畏心油然而生，感谢大地的恩赐、神明的庇佑、主人的用心良苦，特别是今天仍然住在这里的考德伯爵夫人的守护和奉献。

如同往年，伯爵夫人——她喜欢我们叫她乳名安杰莉卡——还是站在古堡门口迎接我们。她一如往常那样的优雅，带着亲切的笑容，但是今年她的外形似乎有一点点改变。我远远地盯着看了一会儿，想找出来究竟是哪里有变化，后来才发现是头发的颜色，以前是漂染后柔和的栗子色，现在看得出是褪了的浅棕色和新长出的白发。我当时心里有点好奇，对细节非常重视但却不奢华做作，平素精心打扮的安杰莉卡，绝对不可能是没有空或懒得染发，唯一的解释就是难道她是刻意的？

　　安杰莉卡带着我们走过古老的吊桥，走过带台阶的小院子。走进城堡时，你会发现城堡周围被传说中冰河时期留下来的森林环抱，到处是种类繁多的植物、不同品种的动物，丰富的历史遗迹随处可见，然而生活在这里的人却极少。除了伯爵夫人和她的厨师，再有就是两三个被卫宁称为"幽灵"似的仆人，之所以称她们幽灵，就是她们很少说话，脚步极轻，总是面带微笑，举止得当。如果你此时踏进城堡，你就是尊贵的客人，这个美丽、高贵、典雅，如女王般的女神级贵族同意并欢迎你住进城堡，成为她的客人，这是一份殊荣。因为这是安杰莉卡的家，她用生命和灵魂护佑的家。

　　进了古堡后，大家都纷纷按照安杰莉卡的安排找到自己的房间。我的房间在阁楼，楼梯非常隐蔽，藏在会客厅的一扇屏风后。我在会客厅逗留了好一会儿，因为我又发现了一丝丝不同，却说不好是怎么回事，就是隐约感觉到整个空间清爽了一些。我的眼睛又开始像侦探一样四处观察，试图能找出一些蛛丝马迹来解释自己的直觉反应。古堡的客厅一直以来都是摆着一叠一叠厚厚的书刊，以及数不尽的跟古堡几乎一样岁数的古董。每一个窗台都放置了鲜花和盆栽，角落的桌子上摆满招待宾客的各种西洋酒。难不成是书本、古董和惯常用来点缀的物品被收起来了一些，所以空间显得更加明亮宽敞？但是又确实看不出来，我总不可能为这样鸡毛蒜皮的事情去和安杰莉卡求证。总而言之，我心里又多了一个问号。

不过，这个疑问在午餐时就得到了侧面的解答。安杰莉卡自己提到她的头发，她说："2016 年我决定要完全回归自然，我要能够看到人的气和能量。我甚至能够看到庄老师的能量（她笑指着庄老师说）。我身上不要有任何化学的东西，所以决定不染发了，加上我本来就不擦指甲油，所以你们才会看到我的白发，再过几个月，我就会满头白发，和这个一样。"她指着光滑的白色桌布说。我恍

然大悟，这样就能够解释我发现的变化了。安杰莉卡还说："我们的身体不过就是一个皮囊，皮囊下的意识和灵魂才是驱动这副皮囊的能量，我们都是不同的灵体，穿上这个皮囊来地球走一遭。当然我对自己这个外壳很满意，没什么好抱怨的。"安杰莉卡身高近1.8米，皮肤白皙，有着丝线般的头发，修长的手指，匀称的身材，比她的挚友奥黛丽·赫本和可可·香奈儿还优雅的气质。我想，任何人能够有她的"外壳"都不可能抱怨的。她的原话是用 Envelope（信封）这个词来形容中国人嘴里的臭皮囊，挺新奇的，也比较文雅一些。

第二十四代考德领主、第六代伯爵——安杰莉卡的先夫休伯爵于 1993 年去世。23 年来，伯爵夫人把她对伯爵先生全部的爱都奉献给了考德城堡，才使得古堡能够有现在的鲜活生命力，厚重的历史与现代的科技在这里得以完美地结合与展现。但是休打破了一样在苏格兰家族中有意维持的传统——休临终时并没有把城堡及家产留留给自己的长子第七代伯爵，而是留给了这个比自己年轻很多岁的美丽夫人。关于后母与继子之间城堡继承权的官司仍然可以在BBC的纪录片里看到，可以想象当时这个非同寻常的行为是多么惹人非议。我们不知道伯爵夫人独自经历了怎样的心路历程，但是可以肯定的是，当时的休做了多么正确的决定。他知道安杰莉卡对大自然的热爱几乎到了无以复加的程度，他确信只有她会以真心和生命守护着城堡，关爱着城堡，以及城堡周围的古老森林和周边一切的一切。城堡对安杰莉卡来说不是资产，更不是供人景仰的古迹，而是历史的见证、家族精神的传承，还是人类与自然连接的桥梁。因为17年共同生活的挚爱感情，伯爵夫人没有辜负伯爵的信任，勇敢地承担起自己的使命。自伯爵去世后的这23年里，她真正地做到了。她是自然的一部分，她和自然完全融为一体。2016年的安杰莉卡更崇尚自然，不，不应该这么说，应该是回归自然。她希望拉高自己的灵质，与大自然的能量更融合，这意味着势必要改掉许多后天养成的习惯，放下物质的冗赘。我还是忍住没有问，客厅的摆设是不是少了，因为那个细节已经不重要了，重要的是我知道那个微妙的感觉不是来自实物的差别，而是古堡的"气"随着主人的意念一转，也变得更清明了。

不知道古堡后面那座上千年的原始冰河森林又会变得怎么样，我能够感受得到任何变化吗？

我本泥土，复归泥土

I am Made by Earth, I will be Back to Earth

随着热腾腾的美食出炉，身边的卫宁发出一声声赞叹，将我的注意力吸引了回来。厨师马丁跟随夫人已经30年，他的厨艺非同寻常。每日亲手将从安杰莉卡的有机果园采摘的水果酿制成果酱，或者和面烘焙成可口松软的面包；他的拿手好菜是三文鱼野兔牛肉，菠菜泥土豆泥，各样甜品，包括冰激凌、布丁、巧克力慕斯，样样堪比米其林的精致美味，无可挑剔。

第一天，马丁端出了镇店之宝：野兔。苏格兰野兔体型比一般的兔子要大很多。夫人餐桌上的活物都是打猎来的，苏格兰风景优美，境内茂密的森林纵横交错着多条河流以及湖泊，北大西洋的暖流从此经过，温带海洋性气候让此处温湿，满足了生物多样性的条件。如此为野生动植物创造了先天的气候条件，自然是狩猎者的天堂。在这里狩猎是合法的，也是上流社会和贵族热衷的运动。

开饭之前，安杰莉卡带着我们祷告，感谢天上飞的、地上爬的，感谢土里生长的蔬果、稻谷，感谢空气、水和矿物质，感谢大地母亲赐予我们如此丰饶富庶的一切。那一餐，我们嘴里吃着鲜嫩多汁、入口即化的野兔，连吃素多年的陈立都忍不住品尝并竖起大拇指，心中深刻体会到了食物链的生态生活，感受到在食物链顶端的人的幸福。我们在笑谈和对美食的赞美中，也在反思一些问题，我们每天吃着人工饲养的牛羊猪鸡，这是人类要喂饱更多的人的无奈选择，但养殖场的牛羊猪鸡，都已经和自然毫无关联，完全是肉的供应，没有生机，更没有生气，多么可悲啊！而我们自己也好像是被这些肉喂养着的机器人，毫无感觉地吃着被供给的食物，仅仅就是为了填饱肚子，毫无乐趣可言。我想，我们这群人来到这里，就是不愿意成为生产线上的一个机器人，过着日复一日、年复一年的机器生活，毫无生趣，对一切都漠然无感。在共事的过程中，我知道卫宁肯定不是这样的人。在想象一个没有意义和目标的人生时，她总会感到莫名的恐惧和遗憾袭上心头："我不要这样了此一生，如同养殖场里的鸡鸭猪羊，不知生不知死，不见阳光，不留痕迹。"

　　餐桌前面的壁炉上写着考德家族的家训**保持正念**（Be Mindful），这就是在提醒我们珍惜生而为人，该尽力过好每一个当下，享受每一天的生活恩赐，感恩每一天的收获与得到，回馈爱与行动给身边的世界。受到启发，卫宁和我们分享她更深一层的心境："当我行走在好友刘伟心爱的诺爱农场的乡间小路上，看着广袤的原野上开满明亮鲜黄的油菜花海，这幅景象与苏格兰高地的宁静肃穆完全不同，可又是那么相似。大地滋养着万种生物，不同地域，不同环境，不同树种，不同天地，但是大地却又以她默默无闻的谦逊姿态，滋养着各种生物，各个族群、人群。在这片大地上，你看得到简陋的汽车，看得到奔腾的野马，感受到人类的足迹，也可以感受到高山河流，既有枯树野杈，也有鲜花盛开，既看到生机盎然，也看到枯零凋萎。看得到水泥、电线、砖瓦、塑料人工刻画的足迹，当然也看到花草、树木、小狗、小鸟自然的力量。我们毫无意识地随意在这片土地上搭建我们的积木，拼凑我们想象的画面，我们这样浸润其中，完全以为我们可以主宰一切，包括主宰自然，信马由缰地在大地上挥洒我们想要的一切，完全忘却了敬畏，忘却了守护，忘却了我们只是自然界的一分子，只是过客而已。"

伯爵夫人的城堡、森林、田地，以及她本人，一切都像在眼前，一切又都像在梦幻中。这段童话般的旅程才刚刚翻开扉页，就已经带给我们无限的回忆和遐想，更给了我们精神上的巨大提升。我们的胸口紧绷绷的，被感恩塞得满满的。我们深深地感恩大地，感恩上天，感恩带给我们这一切奇遇的庄老师、安杰莉卡、同行的伙伴们，以及许许多多的朋友和助缘。深深地感恩，让我们能够在短短的时间里深刻地体会到世界的虚空，生活的无限，人类的渺小和伟大，自然的崇高和谦逊，一切都显得那么朴实，一切又都是那么绚丽多

彩。看似不可思议，一切却又都是必然。为此我们不由深深地感恩。

　　我再次想起了古人的智慧——人法地。渺小的人类应该懂得臣服，虚心学习大地泥土的精神，效法大地的厚德。

义士集结地

Chivalrous Spirits

午餐后，我们决定在下午茶之前去森林（the Big Wood）散步，感受大地与泥土，聆听大自然发出的讯息。这也是我每一次去拜访考德城堡一定会做的一项活动——与自然连接，把身体与灵魂从一个相对有限的空间与角度中解放出来。

那是一片自上一个冰河时期就存在的森林。安杰莉卡一直在看顾、守护着这一片森林，从最初的责任逐渐成为使命，又成为自然而然的生活习惯。她每天都花上数小时的时间与每一棵树对话。所谓对话就是，她可以感受到每一棵树的灵魂，它们是在蓬勃生长，抑或即将患病，甚至濒临死亡。所以她总是邀请作为客人的我们与她一起去感受和大自然融为一体的经验。这里感觉像是阿凡达里的童话世界，让我们敞开，接受大自然的引导和祝福，也把我们的爱带给这片树林。

这片树林里有些自然的小路供人行走。森林里的树种有老橡树、白桦、白杨、山梨、冬青和杜松。苏格兰柏树、山毛榉，以及橡树是森林里的主要树种。更神奇的是，这里有着超过 130 种苔藓地衣的种类，包括很多珍稀的物种。这主要得益于这里的空气非常干净，降水量小。春天来临时，到处都是风信子、蕨类植物、苔藓和金银花，中间有很多树苗穿插其中。森林中各种鸟类也为自己的家园而欢欣鼓舞。即使在森林里迷路也并不可怕，沿着溪流走，各条小溪都可以把你带到城堡。

我们一直深入这片人迹罕至的苏格兰高地森林，两边都是笔直高耸的橡树，像是威武的骑士列队欢迎我们的进入。对于这群在北京生活多年的女子来说，这样的感觉是太陌生了！生活在都市里，被水泥的森林包围，习惯了高楼大厦，见惯了鳞次栉比的楼宇，走进自然的世界里反而像陌生人一样局促不安。这片森林并不平坦，高高低低、起起伏伏，路上还有未完全融化的积雪，铺着厚厚的落

叶，甚至是大大的像粽子叶一样宽的树叶，道路有些泥泞难走。我想起来鲁迅先生的那句话："世上本没有路，走的人多了，也便成了路。"在这片保护完好的原始森林里，走的人并不多，可以说非常少，只有夫人长年累月，几乎是天天在森林里健行散步，这样也慢慢走出来了路。

一路上夫人向我们介绍着这片森林的历史，源自上个冰河时期的橡树种子如何留下来，这片森林如何长成，如数家珍，像是在介绍她的家庭成员。她的笑容和话语、轻抚树干的手，伴随着阳光照耀，让整个人都散发着温暖的光芒。另外，令伯爵夫人痛心的是有些树木在慢慢停止生长，它们也许是感受到了气候变化的威胁，也许是厌倦了在这个星球上的生活，更可能是因为对人类的贪得无厌感到寒心，想要离开，去不同的世界。这样的情况大概从几年前就开始了。伯爵夫人非常着急，想尽各种办法，保护森林，她和树木沟通，请人修护，但是效果都不是太好。三年前在庄老师的指导下，某些树木的疾病得以痊愈，森林又再度恢复生机，这给了伯爵夫人非常大的信心，也带给她意外的惊喜。

走着走着，在一条细窄的泥泞小道上我们看到一根掉落的枯树枝。这树枝显然死了，但她让大家停下来，捡起，让我们看到树枝内柔顺晶莹的一层白毛。维拉特别好奇地研究这片剔透的绒毛，还是不明就里。待安杰莉卡解释，我们才明白那是寄生物呼吸呵出的气息凝结成冰碴。安杰莉卡说，树枝虽然干枯了，但寄生在里边的东西，却仍在呼吸着、结晶着，赋予了它新的生命活性。我们在心里咀嚼着她的话语，雪晴注意到安杰莉卡没有拔高到生命与逝去的彼此存依、物体灵性的归附，等等，只是平实地跟我们分享对生命存在的欢喜及对离去的释然。

　　但是自然界和人生本就充满无常，欢喜的下一瞬间往往是感伤。永恒的快乐是不存在的，黎明之前一定是黑暗。

　　果不其然，一小段路后，夫人指着几棵横躺在那里的树，皱着眉头，声音低沉地说，前几天刮了一场暴风雨，非常强烈，那几棵树不幸倒下，令人非常难过。夫人说话时的表情，就像失去了朋友和家人般伤心，再次带给我们强烈的震撼！这是一份怎样的感情呢？！

　　经过半个小时在浓密森林里的急行，我们来到了一片土坡前。这是一个自然形成的土坡，上面长满了各种草和树，周围也都是大树，前几天暴风雨打落的树叶铺满了地面，像是棕绿色的绒毯，点缀着皑皑白雪。安杰莉卡放慢了脚步，像是在告诉我们目的地到了。

　　土丘是整片森林磁场的中心地带，也是安杰莉卡口中的骑士集结地。自远古时期就开始守护这个地球和人类文明的圣殿骑士最终都将在这里集结。现在，这里聚集的是他们的灵。所以我们不能太靠近这块土丘，一棵被暴风雨吹倒的一米多粗的大树正好形成天然屏障，挡在我们和土丘中间，只有庄老师在安杰莉卡的邀请下前进了几步。

庄老师静静地站在那里，专注地凝视着面前的土坡，向我们描绘着在他脑海里浮现的画面：数以千计的骑士骑在英俊雄伟的战马上，向我们走过来。临近时，骑士们翻身下马，单膝点地，用嘹亮的欢呼声欢迎着我们。从骑士中走出来一个威武庄严的人，身披深红丝绒披风，头戴王冠，他就是传说中的苏格兰王，他手挽着身披白纱的王后，王后的头上也戴着一顶镶嵌珠宝的华丽后冠，以注目礼向着这片森林致敬问候。

其实我不是那么敏感的人，虽然热衷于自然环境的保护，但是跟能够感受到自然界万物的能量可是差太远了！所以之前的几年，我除了抱持一颗敬畏的心，什么都没有"看见"。

安杰莉卡伯爵夫人环顾四周，轻轻地向在场的所有人说，请向森林之神致敬，请大家俯下身来，把脸埋在这片土地中，去亲吻脚下的大地，吸入泥土掺和着露水的气味。去感受泥土的芬芳、蘑菇的清香和树叶的纯净，感受森林的气息及大地母亲的厚爱。所有人都忘情地在树林间弥漫的白雾中闭上眼睛，拥抱这片森林和土地对我们的欢迎和接纳、树木花草和各种动植物对我们的致意，同时心中涌现了无尽的感激及感恩。在那一刻里，我们了解了自己来自于土，也终将回归于土。除了刚刚抵达苏格兰参加我们城堡之旅的西蒙（他也是多年的老队友），一开始还不太愿意这么做，直到安杰莉卡坚持邀请他亲近这片土地。令人兴奋的是，庄老师鼓励我们许愿，说在这片极度纯净的土地上，我们只要心诚，许的愿一定能够实现。

我很贪心却真诚地许了三个愿望：一是我希望5月份在北极斯瓦尔巴岛的会议能够顺利举办。北京国际交流协会可持续发展专业委员会每年都在中国和世界各地举办国际会议和论坛，推动在可持续发展理念下环保生态、金融、文化、科技等领域中的国际项目合作。2016 年 5 月，我们专业委员会和瑞典塔尔伯格论坛创始人布共同在位于北极的斯瓦尔巴岛上成立了北极光基金会，致力于推动环境、经济和道德的重建及治理，也因此将这一年的可持续发展论坛选在斯瓦尔巴岛上举办，并邀请 200 位伙伴前往庆祝北极光基金会成立。如此跨地域、跨国界的大规模聚会，在策划、组织、号召志同道合的伙伴和志愿者，以及经费的筹募上都是一项磨炼我们的极大挑战，所以这是我第一个愿望，希望我们这个团队能够不辱使命，顺利完成这项创举；二是希望自己能够有更多的智慧和信心为世界美好而努力付出；三是希望自己有勇气和能力去全心全意对待自己未来的伴侣，让他幸福快乐。

不一会儿，我听见有些感性的伙伴们已经开始啜泣。我没好意

思抬头看，但是心里猜测其中一位可能是对万物生灵很有悲悯心的刘玫。果然，当我起身后，看见刘玫还是跪在那里，不，应该说是趴在土地里不愿意起来，她肩膀抽动着，热泪被泥土吸收，仿佛肉体已经留在那片土地里，和万物融为一体。我想，我知道她在哭什么。我们都和刘玫一样，看着被安杰莉卡倾注数十年感情维护的"家人"，不禁想到了外面被人类破坏得满目疮痍的世界。人类像癌细胞一样，走到哪里就侵犯到哪里、污染到哪里。大城市的高楼大厦像一根根针一样扎进地球母亲的身体里，使她不堪重负；地球母亲血管里流淌的是被低端工业、化肥农药、废弃物浸染过的血液，五彩衣裳因为被无限度地砍伐、掠夺，而残破不堪。

我继续东张西望，可能想甩开内心的沉重吧！我发现悦喜也跪在不远处，身体轻轻颤动，这个颤动渐渐变大且有节奏，她没有控制，而是融入了这份颤动。她的眼泪涌了上来，整个人全然地趴在地上，有一个声音掠过她的胸腔与喉咙冲了出来："大地妈妈，我回家了，回到属于我的地方。"她抬起头，满脸洋溢着幸福的表情，全身似乎被生机勃勃之感包裹着。

我们都站了起来，面向这个土丘，脸上是踌躇满志的神情，清澈的眼睛里透出坚毅的光芒。与其说是许愿，我想不如说是我们同时也对地球母亲许下了行动的承诺。

我似乎"看见"数千个骑士站在树林里，也是面向着我们。我不知道他们长什么模样，有没有装配战马，他们是骑在马背上还是站在马旁牵着缰绳，穿着什么样子的盔甲，是否佩戴着长剑，只是隐约感觉到圣殿骑士密密麻麻地遍布在整片树林里。我开始怀疑自己是不是心理作用，因为一直听到这个传说，就将想象借由浓密的森林和交叉缠绕的树枝投射出来，幻化成一个个人形。我开始把注

意力放在土丘上，"看到"一个王者，外表依旧不清楚，就站在土丘最高处，俯瞰着我们（虽然当下我认为他是看着我）。这到底是不是潜意识作祟产生的错觉，还是这次我是真的感受到了他们的能量，我至今傻傻地分不清楚。

他们又说，看见了一个披着白袍、戴着皇冠的女王，神圣高贵，她应该就是安杰莉卡，走上土丘顶和王者站在一起。不过，无论我怎么努力都看不见这个影像。（从考德城堡回国数周以后，有一天，我眼前突然出现了那个女王的背影。身穿白色长裙和白色披风，头上有一顶衬着红色天鹅绒的金冠，手里还有一根权杖，权杖顶端镶嵌一颗拳头大的红宝石，看来无比权威。当然，这是后话了。）

在往回走的路上，悦喜还是有些兴奋和激动，忍不住和我们分享大自然"传递"给她，在耳边不断回响的"讯息"：

世界所有物质的真相都是能量

天为光能，地为气能

天为父，地为母，人类是天与地的孩子

光与气结合，生成爱能

人类的能量真相是爱能

人类因爱而生

当天地人合一之时，万物和谐共生，才是世界的未来

人与人，人与万物，因爱珍惜，因爱守护，因爱连接

因爱承担，因爱分享，因爱从容，因爱创造

　　这讯息清晰地为悦喜的生命实修引导了方向，让我们了解到人类要真正进入充满能量的心的时代，不仅要有"社会教育"，更需要有大量的"自然教育"和"能量教育"，而一切皆源于爱。

与神树对话

Connection with the Holy Tree

在穿过护城河跨进城堡大门之前，大家都表示意犹未尽，还想和自己的灵之本源"亲密接触"，安杰莉卡于是带我们到古堡里最隐秘的"圣地"去。这个圣地围绕着一棵已经死亡的树和树根底下的陨石而建，是地球磁场的一个支点，非常纯净。传说在 1398 年，当时的领主在梦境中得到指引，说城堡的建成地由驴来选择。于是领主按指引给驴背上两箱黄金，驴走在哪里停下脚步，就在哪里卸下黄金歇息，那么这个地方就是远离危险的避风港，可以作为城堡的所在地。当时的考德领主果然照此办理，跟随驴的脚步，在它止步处，以一棵冬青树为核心，开始建立了城堡的主楼和瞭望塔，同时将冬青树围在其中，因此是先有圣地后有城堡。城堡的先人对大自然的能量非常敬畏，深信长在陨石上的这棵树是守护这个城堡的基石，因此将这棵树掩蔽在一个有拱形屋顶的黑暗小房间里。由于长期缺乏日照，冬青树慢慢死去。但是矮小的树干还在，仿佛被石化了一般，为城堡的传奇做见证。今天，圣地在阶梯的转角处，大部分人沿着阶梯往上走时，都会被考德家族特有的绿格苏格兰呢与墙上挂成扇面的来复枪所吸引，而忽略旁边用一块不起眼的厚布遮住的房间。其实这里才是伯爵夫人独自沉思静心的地方，非最信任的挚友不得其门而入。

我们在圣地里请庄老师带着我们静心冥想，可惜只有短短的 15 分钟。之后，大家一边享用美味的午餐，一边分享在那 15 分钟内的感受。悦喜说她感受到了一位女神在跟她对话，倾诉这个地球目前面临的问题，以及她的担忧。由树的中心出现了一个全身发着白光的仙女，非常美，非常温柔却又充满力量，她开始尝试和仙女对话：

你是谁？

我是这片森林的守护者！

Lost heart,

Lost love,

The world is going to die,

Let your love and courage to bring the world a better future!

"很简单的讯息，却因为与我当下生命的相应，再次感觉从头到脚被清洗了一遍！这些讯息诠释了我们为什么会来到这里，如太极的阴与阳，东方与西方需要一种连接汇聚，这是一次浪潮！"悦喜很平静却坚定地说。

同样会参加 5 月份在世界末日种子库斯瓦尔巴群岛举办的国际交流会议的悦喜用自己的诠释将这个聚会赋予了另一层意义——将创新文明的浪潮推向世界各地，各界人士同心协力，终将汇成新文明的海洋。她立志成为这充满爱与勇气的浪潮，走遍世界和各股个体浪潮汇聚成海。

刘玫表示在圣地里静心的十多分钟，恍惚间进入梦中，仿佛变成了一个宇宙树，顶天立地，枝头挂满了各个星球，把自身的能量输灌到地球上，用以恢复她的伤痛。"树的根系是我们落地实践的各种解决方案和各个项目，他接受着从天而来的丰富营养，又支撑着这片天，反哺着这片天。这是作用力与反作用力，充分发挥主观能动性，知命改命，我命在我不在天的积极意义。"刘玫的领悟听起来有点深奥，但是我依稀能体会她那浑身散发出的顶天立地的气概。

卫宁说当庄老师引导我们和树的能量产生连接时，她感觉到一股光的能量先是垂直旋转，再进入水平旋转。庄老师说如果冥想的时间再久一点，这股水平旋转的能量应该可以扩大，直至把所有人围绕在其中。我一开始也感觉到那股垂直旋转，甚至令人眩晕的能量！我耳朵里嗡嗡作响，眉心紧的发疼，然后就看到眼前的树越来越膨胀，越来越高大。庄老师说那是我的能量和树连接，与神树合

一了！所以庄老师建议我在离开苏格兰之前，找机会静下心来，听听树要跟我说什么。西蒙虽然还是轻描淡写，但是比起刚刚在树林里虔诚多了。他用肃穆的语气说这是他这辈子第一次冥想，第一次体会宇宙的能量。自那次起，我们每一次在挑战不可能的时候，就会默契地说，我们需要去跟宇宙"谈谈"了。

　　第二天，我因为时差的关系早上5点多就醒了，但不像卫宁那么爱运动，我喜欢赖在床上看看书、发发呆。我突然又想起应该把握机会和这片大地、树林对话，就爬起来坐在床尾面对着窗口冥想。不一会儿，仿佛感觉自己站在森林的入口，心里冒出一句话："我召唤你们帮助我完成上天给我的任务。"过了不久我的脚底射出光芒，进入泥土里并且不断延展，像触角一样和树根连接。可是我没有完全放弃用脑子思考，还自责地说"召唤"这个词太傲慢了，尤其是在我需要"帮助"的时候，应该用"呼唤"比较恰当。庄老师后来知道了，指导我说不应该被后天理性的思维干扰，那反而是禁锢了自己和宇宙的沟通。如果我真的是向宇宙臣服，交出自己以完成使命，我将被允许召唤宇宙来助我一臂之力。反复思考后，我的理解是，冥想的目的是进入"无我"的状态，无主观思想，才能调整到对的频道，使自己成为导体或者是渠道，传播宇宙想告诉我的，或者想要透过我对外转达的讯息。但是我依然不够自信，一直没有和小伙伴们分享这一段神奇境遇。

同一个早上，卫宁应该是进入森林里慢跑了吧？和树林如此近距离接触，她很可能有更奇幻的经历，真想听她讲她的故事。

卫宁果然在早餐时敞开了心和我们分享她再进去这片森林的真实体会。

"清晨还是非常冷，刚刚出去时感觉鼻子要被冻掉了，我赶快

深呼吸，快步跑了起来。清晨的城堡沐浴在明亮的阳光之下，在广袤平坦的大地之上，像一颗星星点缀着苏格兰的大地。远处的森林和平原，一望无际，到处是绿色，到处是生机。那份平静、那份和谐、那份静谧，只有在这块土地上才有的味道，深深地印刻在了我的心上。带着对昨天的美好回忆，我跑进了密林的三分之一处，不知为什么有种莫名的恐惧攫住了我的心。我忽然开始心神不定，环顾四周，除了鸟儿的叽叽喳喳，就是风吹树林的低吟，可是又像有无数的声音在呼唤，提醒我离开，我扭转身体，往回跑去。脚底下踩着树枝，树枝断裂发出的声音更让我不安，直到走出了树林我还挥不去那心底的恐惧。"

安杰莉卡专心地聆听完卫宁的故事和心情后，惊讶地问："为什么会害怕呢？自然界是非常友好的，永远不会伤害我们，绿草不会，鲜花不会，森林树木都不会，动物也不会。"旋即她又充满理解地说，"我知道了，你害怕是因为习惯了都市的生活，和自然隔绝得太远了。

我从小生活在非洲，习惯了和大自然做朋友，从来没有害怕过自然，从来没有。自然不会伤害人，伤害你的只有人。"不仅仅卫宁，所有人都恍然大悟。

刘玫有感而发地说："我们应该视一切生命如自己的生命，遵循生生不息的自然状态，遵守人法地、地法天、天法道、道法自然的基本规律，恪守天人合一、和谐共生的真理。"

这些道理我完全认同，但是要如何在生活中实践呢？要不先从爱上大自然开始吧！看着蓝天白云的逍遥自在，尽情伸展四肢拥抱阳光，身上所有的毛孔都在大口地深呼吸；脱掉鞋子赤脚踩在沙滩或泥土上，双脚陷入一片柔软；让手指轻轻划过小草、花瓣，痒痒地，指尖留下浓郁的迷迭香味；淘气地从树上摘下青黄色的果子，酸涩的味道让五官禁不住纠在一起，像小孩扮鬼脸一样；又或者在下雨

天里仰起头让清凉的雨滴打在脸上，踩着水洼溅起水花；躺在草地上，任凭浓郁的泥土味围绕，嚼着酢浆草，听着蛙鸣，数着夜空里的星星……这一份无处不在的美好，是地球母亲用最温柔的方式敲击暮鼓晨钟，提醒人类万物本为一体。

考德城堡的苏格兰呢毯

Agape

第三章

家

Home

　　睡了一觉醒来，大家都精神饱满，像小女孩一样叽叽喳喳地"炫耀"着自己的睡房。我们每个人都有自己的卧室。只有维拉觉得房间太大，所以要卫宁陪她一起睡在粉红房。卫宁和维拉你一言我一语，兴奋地跟我们形容着粉红房的装饰。"走进房间里，就像是爱丽丝走进了梦游仙境般，平时在电影里、博物馆里看到的古式四柱高床，搭着精美的床幔，历史悠久的挂毯，陈设精致的家具，无一不散发着典雅厚重的历史感。而刹那间这一切都是唾手可得，成为我的卧室、我的床，我可以亲手去抚摸圆桌上的历史书籍；可以坐在有几百年历史的美人榻上，感受时空的穿越；可以坐在镶着金边的铜镜前，慢慢梳妆；还可以久久地去欣赏窗外流淌的河流、茂密的树林，甚至可以钻进暖暖的鸭绒被窝，感受那份温柔和舒适。这也就是童话中的公主生活了，亲身经历着这份穿越，似梦似醒。"

"这个房间曾是一个客厅，后来又被称为圆顶房间，因其天花板的形状而被别出心裁地冠以这个名称。进门处上方有一幅稚气的油画，画面是基德韦利城堡，一座南威尔士的壮观诺曼城堡废墟。从窗口你可以俯视考德溪，一条清清的、含泥炭的小溪，水少时显现清澈内敛的琥珀色。"维拉补充说。

墙上的挂毯代表了城堡的古老和文化。挂毯织于 1680 年前后，描绘的是西班牙著名作家塞万提斯的《堂吉诃德》的画面，挂毯是系列画面，在很多房间及楼下的餐厅里都有。其中一幅看着就让人忍俊不禁：堂吉诃德的跟班桑丘想不付钱就离开小客栈，结果被一群萨戈维亚的剪羊毛工人和刺绣工抓住，他们"像在忏悔时对付他们的狗一样"将桑丘丢进了一条毯子里。

悦喜住在"山鹬房间"。华美的谢拉顿四柱大床是考德的卡罗

琳·坎贝尔夫人 1789 年的婚床，壁炉、梳妆台、书桌、沙发组、卧室软家具属于同一系列，壁纸与窗帘是专门定制的绿色树叶花纹。大大小小的装饰品带着几百年修炼而成的贵气，静静地存在着，美得像公主的卧室。推开窗，有小溪在流淌，近处的树叶在风吹时窸窸窣窣地响，远处传来鸟鸣……像是在此起彼伏地和声。这个场域让悦喜感觉自己的身体持续在生长、在流淌、在觉知……

　　我的房间在阁楼，虽然说要拿着沉重的行李箱爬上一人宽的三层楼梯是有点吃力，但是等到一走进房间我觉得就像踏进了我的专属乐园一样。四面墙描绘了一个生机盎然的森林：推开小小的木门走进茵茵绿草，迎面的是一只在书架上逗留的猫头鹰。树木生机勃勃，连绵的山丘间流淌的小河倒映着云朵，我仿佛能够随手从空中捉满一把，或者从水里掬起一手白云。这一切就像把温暖的被窝搬到了大自然中，我随着夜幕低垂入睡，又在晨曦时分的虫鸣鸟叫中起床。

刘玫说她睡得不多，都在做梦："在灿烂的阳光中醒来，首先在自己的梦中徜徉几趟。当我们的觉察达到一定的深度和广度，没有一个梦是白来的。我们要在梦中读懂我们当下应当了悟的事情，因为，梦是心的影子，是心的投射，是心的外化，要从中照见真实的自己，从而，更好地修正自己，改变自己，引领自己，提高自己，升华自己。"

　　房间都放有电暖气，同时每个卧床上都铺着一个电热毯，上面除了纯棉手工蕾丝的蓬松鸭绒被，还有一床厚厚的羊毛毯压在被子上，所以无论外面有多寒冷，你都可以慵懒地钻进被窝安然入眠。床头放了一小碟精美的巧克力，还有一瓶当地的苏打水，旁边摆着一个剔透的波西米亚水晶杯，想是主人怕客人夜里饿了或者渴了，随时有吃有喝，安杰莉卡总是这么温馨体贴。

　　如果要起身出去洗漱，古老的城堡让你感觉古老的回归路径之一就是你需要离开卧室，穿过长廊去卫生间。经安杰莉卡解释，我们才知道在英文里 loo 是贵族专用的卫生间词汇。卧室的地毯和楼道的地毯都是考德家族 1991 年特别设计的，为考德家族专属，用苏格兰格子呢制成。走在通道的地板上，会发出咚咚的声音，传说这个城堡的精灵很多。从古至今的祖先们都愿意留在城堡，护佑着这里。所以夫人曾经提醒我们如果碰到了友人，记得打招呼。他们都很友善，她感受到了祖先们对我们的欢迎，让我们不必惊慌。这么一说，大家起来去洗漱时，反而有些小心翼翼，打开楼道的灯后，蹑手蹑脚地前往卫生间，生怕打扰了酣睡的同伴们。

　　这个长长的通道是为连接 17 世纪建的新楼和老楼（建于 1398 年），也就是说 200 年后加盖新楼时所建的维多利亚式的通道。通道两边的墙上挂满了家族的照片、刺绣制品及画作。最显眼的还是一幅安杰莉卡的水彩肖像画，淡淡笔触加上几抹色彩轻松地勾勒出安杰莉卡的优雅神韵，就像守护女神一样。这让我想起城堡门外院子里的女神铜像，她只有一个身形轮廓，没有精细的五官或华丽的服饰，却隐隐透出一股胸怀天下的慈悲。我们问过安杰莉卡那是不是她，她笑而不答。

令人惊讶的是，一艘巨大的战舰模型赫然摆在通道的一端。

这艘漂亮的战船是巴尔肯胜利号的 1:48 模型。巴尔肯胜利号1737 年（乾隆二年时）完工下水，曾是当时皇家海军造船厂规模最大，马力最大的一流舰船。这艘舰船耗时 5 年并用了 3000 多棵大橡树，建成的船长 53 米，宽 15 米，载有 100 门炮。这艘船虽然高大上，但结局非常不幸，1744 年于对法国舰队战斗之后返航途中遭遇风暴

后沉没，全舰 1000 多人无一生还。堪称奇迹的是，考德家族虽然有多人在海军中服役，除了一个人鞋上的一个扣子被炸飞，考德家族中的人均毫发无损。同样的奇迹也发生在古堡本身，苏格兰是个战争频发的地区，传统上苏格兰的绅士们也是嗜血成性。1689 年光荣革命；1707 年苏格兰与英格兰的关系恶化，发生了 9 · 15 暴动。然而经历过苏格兰历史上最惨烈，也是最后一次克劳顿战役（距离考德城堡不到一公里），城堡安然无恙。我们听到后，都啧啧称奇，深信考德城堡绝对是有苍天的庇佑！

即使是卫生间、盥洗室，各种我们认为无非是洗手方便的地方，在古老的城堡里却都是精心布置过的。除去精美的墙纸、地板等正常的布置外，洗手池和浴缸也是精心的设计，散发着古老的氛围，让人不禁赞叹几百年前的西方人是多么别具匠心，让自己的生活舒适如意，却又不铺张奢华。卫宁特别指出，卫生间的墙上挂着很多考德家族的生活照，特别是第六代考德伯爵的照片，从他小的时候，一直到成人。有一个熟悉的面孔非常引人瞩目，我当时只是瞄了一眼，觉得眼熟，后来仔细定睛，才发现照片上的人物是著名的美国前总统里根先生的夫人南希·里根。那是一张摄于20世纪80年代的照片，照片上的人物都英俊潇洒、高雅庄重，非常耐人寻味。还有一张照片是休伯爵年轻时在沙滩上，四肢张开地躺在一个鳄鱼嘴里，在我们看来非常恐怖，而他却一副得意扬扬的姿态，可能上流社会的贵族自小见过各种世面，培养出不凡的神气和自信，自然特别潇洒吧。在另外的一个角落上的卫生间里，有一个顺势而建的小床榻，供人坐在那里凭窗眺望，旁边还放了几本小书。这个城堡当然有所有中世纪城堡的典型建筑——塔楼、城墙、护城河，有一望无际的领土及无数超过600年的古董藏品，但考德城堡彻底让我折服的是就连最不起眼的卫生间也可以如此别致清新。从细节中可以明白这个城堡不是用来给后人景仰的，不是为了在上流社会炫富的，而是一个"家"，是沿袭了数个世代的生活方式和品位。

　　作为称职的女主人，安杰莉卡毫不扭捏地带我们参观了她的睡房。由于城堡的设计要为主人保留隐蔽空间，这是一个我去了多次却仍然记不住方位的房间。里面出乎意料的简约，没有富丽堂皇的水晶灯或精美雕花的古董家具，有的是数十个大小不一的剔透的水晶球，因为安杰莉卡喜欢水晶聚集的能量。她还透露了一个城堡建筑设计的小秘密："刚才你们说踏在地毯上发出的咚咚声，还有你们进出各个房间、开关门的声音，我都可以听得见。"在数百年前，没有闭路电视的时候，城堡领主就是靠这个掌握城堡里的所有人的动向，甚至生活作息。我在心里咕哝："当初怎么想到和做到的，古人的智慧真是一点也不输给高科技。"

早晨的招呼

Good Morning

当我还赖在"森林中的暖被窝",因为贪恋床单光滑的触感,时不时做着"雪天使"的动作时,卫宁又穿戴好运动装想要出去跑步。她到了楼下,打开一道门,再去打开类似中式门厅的第二道门时就犯了愁,这是古老的苏格兰门闩,跟中国的门闩好不一样,无论怎样绞尽脑汁,就是不能打开。卫宁只好作罢,回到楼上的客厅里去安静一会儿。清晨的客厅在2月的时光里非常冷,但是昨天初到城堡时,那时的客厅明明好温暖啊!卫宁习惯性地想到壁炉边烤烤火,才发现只剩下微弱的火星,难怪空气冷飕飕的。在今天的欧洲家庭,很多时候壁炉都是作为一种装饰,点燃壁炉据说需要大费周章的,一般只有在特别的节日或者有尊贵的客人时才会生火。夫人为我们燃起了壁炉,炉火劈劈啪啪的响声、跳动的火焰着实非常让人着迷。

我想起来昨天和夫人谈起她的经历,看她神闲气定地说:"我的使命就是成为自然与人的连接，守护并发扬光大这个城堡。即使在这个城堡独自生活了23年，我也丝毫不觉得寂寞，因为从14世纪这个城堡建立以来到今天的主人们都留在了这里，他们一直在这里与我共同守护着城堡。"

卫宁站在客厅里一边回味着夫人说的话，一边凝视着窗边那尊别致的佛像，很少看到这样简洁又美丽的佛像。这是一座黑色的青铜雕像，头顶是圆圆的，面孔柔润，线条非常柔美。由于是早上，窗外的阳光从佛像背后照射进来，仿佛是佛陀在撒播着光芒。这是一座坐佛，巨大的袈裟似乎是经过欧式的长袍改良过的，飘逸潇洒地垂着。他静静地坐在那里。从1398年到今天，600多年，多少个日月，斗转星移，世纪变换，客人的身份、服饰、语言、谈话的内容都在发生变化，而这座美丽的佛像，一如这个充满魅力的城堡，只是静静地坐着，默默地欢迎着有缘来此的客人，仿佛是一个老朋

友聆听着他们的故事。卫宁凝视着这尊小佛像，轻轻地跟他道了早安，然后在宽大舒适的沙发上坐了下来，闭上眼睛，静坐了一会儿。她希望可以碰到古堡的领主或者这里的朋友，遗憾的是除了柔和的光芒，什么也没碰到。也许是他们也还在沉睡吧，把这个"早安"留到下次好了。

7点钟的时候，楼下的大门被进来工作的佣人打开了。我才发现，原来那个门闩设计很巧妙，其实可以很容易地打开。卫宁走进夫人的私人花园，清晨的城堡沐浴在明亮的阳光之下，像那颗圣诞树上最闪亮的星星一样点缀着苏格兰广袤平坦的大地。远处的森林和平原，一望无际，到处是绿色，到处是生机，那份和谐与静谧是在这块土地上独有的味道，在我心底留下了一个印记。

我再特地去仔细看了看花园里那座美丽的雕像，远远地看过去

像是一棵小树，只是树冠异常浑圆光滑，走近看才发现那是一个雕塑，经过精致雕刻的青铜圆球缠绕着些蜿蜒的树枝和金色的叶子，和花园的景观及生态融为一体，仿佛浑然天成。这是安杰莉卡特地请知名艺术家设计的雕塑。最为精巧的是在圆球的底部留出了几个开口槽，夫人每天都会放在里面很多花生米，吸引小鸟过来觅食。

花园里很多不知名的小鸟，黑色羽毛，尖尖的红嘴喙，胖胖的小身子，迈着小小的爪子，伶俐地蹦跳着，也不怕人，非常可爱。卫宁尝试着跟他们沟通："你们好，我是新朋友，过来打个招呼好吗？我叫卫宁，你们呢？自我介绍一下吧，不要那么高傲啊，哦，对了对了，这样过来就对了。我们就算正式认识了啊！"

除了小鸟，还有一只精神抖擞的松鼠总会定时在我们吃早餐时出现在餐厅。餐厅面对着一大片树林，安杰莉卡在其中一扇窗户边

放了一个盒子，装满面包屑，让松鼠能够天天大快朵颐，我想这是他保持丰腴身材的主要原因。我们走进餐厅，第一件事就是朝着松鼠走去跟它打招呼，它瞪着骨碌骨碌转的大眼睛看我们一眼，仿佛简单地示意，然后又低头专心啃面包，丝毫不在意我们对它的近距离观察。淳朴的小动物和不言语的植物最能够感知善意所传达的能量。安杰莉卡一定是30多年如一日用无限的慈悲对待她身边的亲友、员工、动物、花草，没有分别心。

夏宫

Summer Palace

　　夏宫是安杰莉卡的另一个居所，一栋外表并不奢华的房子。因为要支撑考德城堡的全年养护所产生的庞大费用，她会把一年中最好的半年将考德城堡开放给世界各地的游客，供游客参观，因此每年的 3 月中旬到 9 月中旬她就会搬来夏宫生活。夏宫的前面有个大大的苹果，预示着平平安安！我们大家看到苹果的时候不约而同地大笑，七个公主和一个小矮人的童话里可不能缺了这个苹果！

　　夫人为夏宫设计了一个花园，花园虽然不大，却种植了从不同国家运过来的各色植物，包括安杰莉卡父亲特地从西藏买来并精心栽种的植物，其中大多数我们见都没有见过，更别说叫得出来名字。她们以最自然、无过多人为修饰的形态绽放，充满异国风情。

　　走过夏宫的花园，一片开阔的绿地展现在眼前。山丘上有一个圆形雕塑，如同地球形状的中空玻璃球，透过它，可以看到远方的大海。它的名字是"光"。夫人告诉我们，这个雕塑的意义一边是光明一边是精神，让人抵达光明和精神的彼岸。另外有一个更大的同样形状的玻璃雕塑喷泉，由 17 吨玻璃制成。我们注视着它，能够想象，仲夏之夜，被笼罩在群星闪烁的苍穹华盖下，这里仿佛是灰姑娘摇身一变成为公主的后花园，又像莎翁笔下恋人倾诉衷肠的秘密花园。

在大自然的熏陶下，卫宁再次有感而发："我是一个植物盲，不断接受大地的问候，享受着大地的恩典，却没有跟大地交上朋友，实在不是一个称职的邻居。这是我多年来没有意识到的，我吃饭、喝水，吃着各种水果蔬菜和美味，却从来没有认真想过食物的来源，每天走路，甚至时常炫耀自己还会有跑步的习惯，却从未感受脚下坚实的大地所给予的支撑；每天呼吸，每天看着日出日落，感受着四季变化，感叹着时光飞逝，看到花开花落，却从未真正地理解过

大地的滋养，山河湖泊给予的滋养，大自然默默无闻的滋养。我羞愧得无地自容。感恩花园所带给我的礼物，深深地鞠躬感谢！人法地，首先感恩感谢，才敢学习效法大地的精神，源自泥土，重归泥土。"

听着卫宁的感触，我们更是陷入了深思。安杰莉卡拥有无比尊贵的社会地位，却不沉迷于俗世的光环，并从未停止过对精神和灵魂的探索与追求！我们多数人把事业成就、物质财富、外界的肯定作为毕生追求的目标。可是这里面有哪一项与自然和大地、关爱和慈悲产生关系？自在，是件最简单的事，就是与自己在一起，但至简、至真、至朴的大道，反而被我们弄丢了。结果，我们蒙蔽了自己的眼睛，与大自然隔绝，限制了自己的心灵感受，大脑取代了心灵，计算取代了感受，戴着有色眼镜，带着许多未经检验的假设过着未经检验的人生而毫不自知，不自觉地成了带着生命体的机器人。

我想起了《小王子》里面的一段话，这本书是我约 20 年前读的，但是这几句童言童语对我来说一直像警示般影响着我的价值观："这些大人们就爱数字。如果你对大人们说：'我看到一幢用玫瑰色的砖盖成的漂亮的房子，它的窗户上有天竺葵，屋顶上还有鸽子……'他们怎么也想象不出这种房子有多么好。必须对他们说：'我看见了一幢价值十万法郎的房子。'那么他们就惊叫道：'多么漂亮的房子啊！'"

　　在考德的这几天，我们从未听到安杰莉卡说我这个珠宝价值不菲，我这个古董艺术品花多少钱在拍卖行得来的，我这瓶限量版红酒现在市价多少……难道，我禁不住猜想，有人会在读了这本书后问我考德城堡价值多少钱吗？

一边是光明一边是精神，让人抵达光明和精神的彼岸。

我们注视着它，能够想象，仲夏之夜，被笼罩在群星闪烁的苍穹华盖下，这里仿佛是灰姑娘摇身一变成为公主的后花园，又像莎翁笔下恋人倾诉衷肠的秘密花园。

地狱 - 人间 - 炼狱 - 天堂

Hell, Earth, Purgatory, Heaven

我很喜欢安杰莉卡的符号花园,尤其在知道那是她亲手设计的之后,因为我很享受将自己的创意一点一滴实现的过程,无论需要历经多少挑战。不过这个花园的起源与其说是灵感的驱使,不如说是现实的需要,只是脱俗的安杰莉卡在面对人间烟火的时候反而更能激发她的潜力。

在 37 年前,安杰莉卡刚刚成为考德城堡的女主人,花园当时还是维多利亚式的果菜园。"每年数不胜数的游客简直把这里当成了超市!"安杰莉卡每每想起还是很生气,"在雇佣了 25 年的园丁面红耳赤的反复抗议下,我们最终决定停止对外开放果菜园。"考德伯爵休在 1981 年宣布是时候重新打造花园了,于是把花园交给安杰莉卡按照自己的心意打理。休当时对希腊克诺索斯宫的迷宫特别喜欢,就用一半的空间按照古建筑遗迹照片,用城堡的守护树——冬青树——做了一座迷宫。依照维拉的解读,人的一生从来都不会是一条直通终点的康庄大道，必须具备探索的精神及探险的勇气。

安杰莉卡则想用另外一半的空地呈现自己对宇宙观的诠释。她将花园一分为二，一边为人间，另一边是天堂。人间的形象是一个极矮的树篱修剪出的七角星，象征创世的七天，或是大地的"七个王国"（也就是七个元素）：土、空气、火、水、植物、动物和人类。星星中间的雕塑顶端是《圣经》里人类的始祖：亚当和夏娃。

人间对应的则是天堂。与人间的矮树篱截然不同，天堂的树篱是我们的两倍高，给人深不可测的印象，让人不由得肃然起敬。"天堂"的入口很窄小，非常不起眼，而且通往天堂中心的小径越靠近核心越狭窄，进入时不免低头弯腰，两旁的树叶轻刮脸颊，就像在对"神"鞠躬。安杰莉卡解释说，天堂之门本来就不是对所有人敞开的，需要用"心"去探索，再花费好大力气，才能找到净土。终于进入天

人的一生从来都不会，是一条直通终点的康庄大道，
必须具备探索的精神及探险的勇气。

这不仅仅是一个花园，而是在维护自然中所有生命的尊严。

堂后，中心是一个呈现垂直螺旋状的水柱，水池的平台铺满了石子。象征天堂底端的是崎岖不平的地狱，唯有经过地狱的苦楚，人的灵魂才能如流水般清澈，升华至宁静的天堂。但是一旦进入了天堂的中心，周围只看得见美的事物。

人间和天堂之间有炼狱。炼狱的英文 purgatory 是来自 purge，也就是彻底洗涤、净化。中文翻译成炼狱，我想是取自磨炼、淬炼的意思。两者是异曲同工，要想从人间升到天堂怎能不经历一番脱胎换骨。中国哲学不也说若非一番寒彻骨，哪得梅花扑鼻香吗？维拉再次领悟其中精髓："就像我们必须要经过考验、觉知和自省，才能得到智慧。"

"炼狱"就是花园里中人间和天堂中间的一小块空地，稀疏的荆棘散落在上面。安杰莉卡说当时她开始研究几何美学，一切讲求工整和完美比例，所以才会多出这块地，她灵机一动，就变成了炼狱。因为万物本为一体，适得其所。我们用一个下午透过花园窥探了安杰莉卡的宇宙。

花园两侧也处处充满巧思。一边是一片平整的草地，上面"种"了一棵生命之树。这棵树虽是铜铸的，不近看绝对能以假乱真。树上有一个平滑发光的圆形铜盘，既像太阳，更像月亮。它代表着生命的辉煌和正义之光的照耀。这是对人生寄予多么美好的愿望和希望。对面那侧是一条小道，通到花园的出口。小道两旁各种了一排树。安杰莉卡知道我和西班牙的渊源，特地叫我过去，跟我说这是考德伯爵从高迪得来的灵感。我抬头看，交错浓密的树枝经过人为的缠绕将蓝天割成一片片小方块，可不是高迪世界里的马赛克吗？

即使是经过丰富想象力和极致艺术创作改造的花园，其中依旧有一隅是连安杰莉卡为了保存当初创造者的精神都不曾尝试变动的。这一片花园中所有的植物都可回溯到维多利亚时期。想当然耳，或许和我们现代的品位格格不入。"这一床大丽花簇，我一点都不喜欢，"安杰莉卡坦承，"但是我永远不会丢弃她们。她们是此处历史的一部分，如果仅仅是为了讨好现代格调而做出改变，那也太随便了。这一片植物早在我来之前就存在了，我离开之后她们还是会在这里。我丈夫说这个花园是情感的自然流露，而不是矫揉造作的产物。"

从修行的角度看安杰莉卡对待花园的心，刘玫深切地感受到她热爱自然、尊重自然、保护自然、敬畏自然，视这里的一切生命如自己的生命。遵循生生不息的自然状态，将人法地、地法天、天法道、道法自然的基本规律，恪守天人合一、万物有灵、彼此包容、和谐共生的道理融入一花一草当中。这不仅仅是一个花园，而是在维护自然中所有生命的尊严。

离开后，我还一直在回味，突然觉察，这么美丽独特的花园可不是随意形成的。安杰莉卡和天地及自然融为一体的同时，还结合了后天对环境学、美学、科学和哲学的苦心研究，不仅吸收了天体物理和几何知识，甚至在 10 年前就为现在我们眼前的景观做好规划，并邀请有卓越造诣的艺术家为她设计创作。

夏宫旁边的有机蔬果园是安杰莉卡坚持从土壤修复开始，并且不施化肥和农药，才能维持 37 年有机。就连壁炉里每天烧的热烈的柴火，也绝对不是城堡员工从树上劈砍下来的，而是捡拾掉在地上的枯木，再经过 2 年的风干，才能成为易燃又不冒黑烟的好柴。但是安杰莉卡做出的所有改变或者不做改变的基础，都是怀着一颗谦逊之心依循天地和先人的智慧。古堡里的许多特色和源于大自然的馈赠都是她在遵守天地人秩序下细心经营维护，才得以呈现触动人心灵的盎然生机。

　　我很细腻地用所有的感官品味了符号花园，深深得到启发：必须是对的人，具备耐心和远见，愿意用对的方法（道），致力于做对的事情（德）。要改变这个世界，缺一不可。

必须是对的人，具备耐心和远见，原意用对的方法（道），致力于做对的事情（德）。

Agape

第四章

往昔至美，才要回归

Return to Beauty

英国的下午茶举世闻名，随着日不落帝国的版图扩张，英国将下午茶文化传到全世界，也带动了整个红茶产业。考德这样的世袭家族自然更是重视这个习俗。在品尝过安杰莉卡精心安排的下午茶后，我的同伴们很想尽一份心意，让她也感受一下中华茶道。

陈立和维拉都是爱茶之人，她俩一个深谙茶道，一个在北京开了一间茶室。她们将不远万里带过来的中国茶具和茶叶拿了出来，以传统方式向夫人展示了中国茶道。体贴的安杰莉卡像平时一样，准备了许多可口的茶点。但是我们解释说，在中国纯粹茶道中，品茶时如果食用茶点，会影响到我们的味觉，品尝不了茶的醇香。我们一边欣赏着陈立和维拉用娴熟的手法泡茶，一边静下心，用虔诚的态度来品味一口就能喝完的茶蕴含的无限奥妙。安杰莉卡虽对中国茶懂得不多，平时多数喝的是在欧洲逐渐成为主流的正山小种，但是她懂品尝，所以她很好奇为什么这两位同伴同时用相同的水和茶具泡同一款茶，但是出来的味道却完全不同？陈立泡的茶清新甘甜，维拉的茶则浓郁饱满。我们解释给安杰莉卡听：其实茶如其人，同样的茶由不同的人泡出来，口感是完全不同的。性格温柔的人如陈立泡出来的茶就会更加柔和顺滑，性格刚烈的人如维拉泡出的茶就会浓烈略带苦涩而后回甘。手法、情绪、性格和沏茶人的身体及精神状态等所散发出的能量大不相同，还有水的温度、水的软硬度、茶叶的品质、茶叶的产地和海拔等都会影响茶的口感。

中国文化讲究韵味和境界。所有的文化展现形式其实都为反射人的心境，进而达到修身养性的目的。书法、茶道、太极、棋道无一不阐释天人合一，以及与万物和谐共生的哲学。我们在烹煮茶水时怀着一种什么心境？灌注的是什么能量？不言语的时候从内心听见什么声音？随着小口啜茶练习了禁语，我们在数十分钟的沉默中打开自己的良知，与大我合二为一，与自我融为一体，去感觉万物

相连，你我无别。怀抱内心流淌出来的快乐、安然、自在……

夫人带着学习之心，体会看来简单其实孕育着丰富精神内涵的中国茶道。作为拥有 5000 年历史文化的中国人，我们真心为祖先留下来的文化宝藏而感到自豪。

雪晴若有所思地说："其实中国文化也很美，丝毫不弱于西方的贵族精神。我们有断层，有传承上的误解，不代表我们就不要找寻自己基因血液中最纯正的精神了。何况东方文化在西方精英阶层中，指引着新世界价值观的方向。西方文化一直代表着世界主流，他们创造了物质时代，以挑战自然为力量，将人类对环境的控制提升到顶峰。之后又开创了消费时代，将一个物种的欲望扩大到极限。但这半个世纪来，西方也开始面临着内心的缺失。他们竞争、逆天、改造自然的强势价值观，在个人、企业、国家的发展中都遇到了瓶颈。于是很多人来寻找东方的文化根基，看是否能得到迥异哲学体系下的启发：自律、循环、平和、物极必反。我们祖先精神的美妙，恰恰被别人最大限度地关注。

"与夫人的朝夕共处，让我有很强烈的冲动，带更多人，尤其是孩子，来这里感受作为一个人，如何对内心有所追求。进而挖掘中国传统文化上，真正美的内容。断层的时间，我们填补上；失去的传承，我们连接上。不论仁义礼智信，还是寂静和雅，这些都是最适合我们民族的生活方式与精神体系。

"西方人所好奇的我们与自然、生态之相处方式：自律、循环、平和、物极必反，根本上来自于我们与自身和与他人相处的哲学。有对老人的孝道、对师长的师道、对朋友的君子之道，才有了我们对于整个世界'和'的追求。有茶道、花道、琴棋书画。才有了我们对这个世界美的洞察力与创造力。"

　　当卫宁再跟安杰莉卡补充说今天的中国缺乏传统文化的仁义礼智信，缺乏贵族精神，我们在全力回归时，安杰莉卡笑着说："不必着急去把旧的找回来，每个人坚持分享给予，坚持宽容原谅，坚持活在当下，就已经是贵族文化的代表，是新文明的使者了。"

看不见的贵族

The Invisible Aristocracy

在北京经营由名人参与打造的顶级文化会所的雪晴，自然对中国文化有其独特见解，茶道仅仅是冰山一角。我们本来期待她也为我们泡上一壶茶，但是她微笑婉拒了。对于最终不亲手泡茶的决定，背后是她对贵族的解读。

"其实对中国我又暗自庆幸。启程前，我想要不要带一套茶席呢？同行的还有外国友人，可以给他们和城堡主人展示一下中国文化。临走，一个朋友说，甭带了，怪累的。我一想，不带了，怪累的。

"萌生想法时的我，可能就是大多数中国人的写照。对于文化和贵族仪态，我们总想着要将它表现出来。没有秀场，没法证明自己懂文化；没有形式感，没法说明自己是贵族。我们的贵族夏令营，项目全放在了高尔夫球、骑马、用餐礼仪、交际舞、英文上。扪心自问，我萌生'带茶席'这个念头时，潜意识中想的不光是这很美，可以让大家感受下，还有我想你们知道，这美的东西是我带来展示的，所以证明我也美。

"即使带了，但在一个每天穿梭于冰河世纪、一起泡茶吃饭、劳作耕种修建花草的环境里，恐怕我也拿不出来。

"考德夫人家族累世传承，富可敌国，年轻时她的照片很像闺中密友奥黛丽·赫本，当然在我们眼里，她比赫本还美。但是我们从她身上感受到的是真实自然，所有行为没有一丝要表演给谁看的意图，以及对自然而非奢华的兴趣与专注。我想这是真正贵族的心态，已经不需要再表现和展示什么，在生活中对纯粹的自然无比热爱。对于中国新崛起的富裕阶层，这可能很难，因为我们经历了一个文化与传承的断层。我们有历史，但丧失了从历史中汲取力量与自信的能力。当心虚时，就必然想展示：我会插花，我会茶席，我什么都会，就是不会放下这些。

　　"所以我们的行为，让西方对中国的现状有误解，认为是粗俗、暴发户。不光是去大牌店排队抢包那么庸俗，更有有心追寻文化过程中表现出的浮躁、浮夸和肤浅。就像我们对西方也有误解一样：这么一趟旅行，难道不是英伦皇家贵族生活体验课吗？不是，砍柴、喝茶、逛园子而已。"

　　"而已"这淡淡的两个字是雪晴从安杰莉卡身上看出贵族不显山不露水的自信，但是卫宁又从这个"而已"看出了夫人更多的美德。我们只是待了几天，"喝茶、逛园子"，卫宁却深刻体会到夫人在背后为我们做的，不带有一丝一毫"表演意图"的付出：

　　从踏进城堡的那一刻，我们就享受着夫人无微不至的关照与款待。她向每一个人介绍房间，这是你的公主房间，是最大的、最受欢迎的房间；这是你的粉色房间；这是你的绿色房间；这是你的黄色房间；这是你的卫生间；这是你的洗浴间。这里的浴缸非常古老，塞子是铜的，怎样打开怎样关上，这是你的毛巾，要随时关门，城堡因为历史原因所以没有暖气，2月的苏格兰还是非常冷……我们一行九个人，她向每一个人介绍，关照每一个人。我不知道我是否能有这份勇气和胆量招待九个人，我不知道自己是否有耐心和细心将所有的事情安排得这么好，这么有条不紊。我不知道自己是否有那份爱心和胸怀允许这么多人在我家信马由缰、东游西逛。我不知道自己是否能够亲力亲为，在早餐时为每一位客人倒果汁、倒茶、倒水，为每一位客人餐前倒酒、倒果汁、生起壁炉，哪怕只有半个小时，也要让客人在客厅里感到温暖；在午餐和晚餐时为每一位客人倒酒，天天如此，连续三天。我不知道自己能否允许从边远农村来的朋友，出于好奇和无知，打乱我的生活节奏，对我问东问西，顺手拿起一件价值连城的物件把玩而不知贵贱。我不知道自己是否可以容忍客人的粗俗无礼，虽是无心。我不知道自己是否愿意请十个非洲朋友到我家来与我的语言半通不通地说着我早已熟知的内容，回答他们提出的浅薄问题。我不知道自己是否能做到白天盛情款待，陪吃、陪喝、陪聊天、陪走路，晚上继续陪聊，还要回答各种问题。我想我做不到。我做不到那份宽宏大量，那份耐心细致，那份大爱包容，我肯定做不到。如果我继续再问自己为什么做不到呢？我会说体力上不支、思想上不愿意吧。如果伯爵夫人在以72岁高龄来操持这一切，我的体力不支、思想不情愿又是何理由呢？是以我为先，少自律，多任性，少活动，多安逸吧。是责任感的缺失，是爱的能力缺失吧。想到这里，我非常惭愧，甚至是羞愧于自己的无知与浅薄。每每的自以为是真是多么令人可笑的幼稚啊！相对于夫人的高尚和高贵，自己简直就是粗鄙村妇。如果不是洗心革面，也该痛改前非吧。夫人就像一面镜子，让我觉得自惭形秽啊。

卫宁可能对自己过于严苛了，不过我们终于明白安杰莉卡细心、爱心及度量下是一颗自然恬淡、从容自在的内心，这实在令我们自叹不如，又暗暗下定决心要以她为榜样奋起直追。安杰莉卡使我们重复检视自己并甘愿修正自身骄、奢、躁等各种缺点，重新虚心学习。其实，我们要学习的是放下。只要我们肯放下一些，静下心来，与自己在一起，向内心观看，就会渐渐找回迷失的自我，这个过程可能漫长，但不是做不到，只要做到一条，与自己在一起。因为，我们是向内心找回丢失的自我，发现真正的自我，而不是在大千世界里找什么。放下一切之后，真正的贵族拥有的是因为爱的能力而由内而外散发的自信，仅此"而已"。

己所不欲，勿施于人

　　这是我去年在外国友人口中频频听到的黄金法则，这次又在安杰莉卡身上印证了。出身波西米亚贵族的她，和现在的暴发户或土豪可不一样。贵族是一种精神，一种行为准则，可不是发财后就趾高气昂地出来选总统，或者开辆价值上千万的跑车却违法酒驾，甚至撞了人还肇事逃逸的粗鄙举止。

　　在跟我们分享童年故事的时候，安杰莉卡说，贵族精神是利他的价值观，是设身处地为人着想，替人服务，帮人开门的心态。当年第二次世界大战爆发时，她才 3 岁，在一夜之间从贵族沦为难民，家人抛下所有财产，逃到了南非。逃难期间，全家人都吃不饱，她身上只带了 3 个洋娃娃。即使这样，家人还是教育她要把娃娃送给其他没有玩具的小孩子。贵族的责任还包括了在尽力照顾身边的人的同时 顾及他人的自尊和感受。这就是一种生活中无所不在的觉察。她说在经济不景气、失业率很高的时期，古堡反而刻意创造一些例如厨师、园丁等工作岗位，让小镇居民有谋生的机会。

再次想起在古堡里的几天，我们在三餐开始前都要围着餐桌牵起手来祈祷：感恩大地母亲的丰饶富足，赐予我们水、矿物、植物和飞禽走兽。安杰莉卡不是素食者，也不倡导吃素，但是她绝对不吃在工厂饲养再经过屠宰场屠宰的家禽家畜。她只在不破坏生态平衡下取其所需并且对此表示感恩。虽拥有贵族地位却不掠夺、不剥削，体现出一个施与受之间的平衡。

安杰莉卡凡事亲力亲为，且不说她有伯爵夫人的尊贵地位，若论岁数，她也是大家的长辈。但是在日常生活当中，她会亲自帮大家给壁炉里添柴火、切面包、泡咖啡、倒酒；苏格兰湿冷，她便拿出自己的羊绒围巾、羽绒大衣给我们穿。这些在她看起来再自然不过的细节，却让大家由衷地敬佩。因为换成在中国，如此级别的人士，大多都摆着架子，习惯了被前呼后拥，身边有人随时端茶倒水。当然这些现象也不只发生在中国，它们是全球经济高速运转下的普世后遗症。安杰莉卡在我们对于各种贵族、绅士风度和乡绅制度进行探讨时，重复强调当今的误区。她说："真正的贵族和绅士已经不复存在了。在倡导民主的当今世界，贵族是贬义词、没落的同义词，是奢靡腐朽的代表，大多数出身背景高贵的人反而极力与这个名词脱钩，因为这样的身份可能招来大众的反感和排斥，结果成为商场上的绊脚石。他们甚至去模仿蓝领的说话腔调、语言，以保证自己跟上这个时代。结果，现在的上流社会已经不是拥有利他精神的一群人，不是为了推动艺术和文明发展拿出私人资产支持思想家和画家创作的那群人，而是坐在飞机头等舱和在华尔街上金碧辉煌的金融机构里进出，开口闭口全是数字的那些人。"而在夫人看来，这是完全错误的，贵族不是一个词而已，贵族是责任的代表，是行为方式的典范，是奉献的先行者。

我们想到曾经有人问庄老师怎么能做到几十年如一日秉持公义之心，去组织那么多国际论坛推动全世界的和谐交流及合作时，庄老师微笑地回答："这就是我的生活！"

最后一晚，我们吃过晚餐在火红的壁炉边烤火，一边喝着茶一边闲聊。安杰莉卡突然说："你们手下肯定都有很多员工，所以我想跟你们分享：我从来不会让我的员工做我不愿意做的杂活儿。今天如果人手不够，而厕所又需要清洁打扫的话，我一样会蹲下来刷厕所。"我注意了大家的反应，所有人，包括我，都相信她是心行合一的。因为那几天的以身作则，她已经让所有人折服。

"己所不欲，勿施于人"出自《论语》，这不仅仅是中国人的文化，也早已是西方高尚人士的原则。和庄老师一起创办北极光基金会的博·艾克曼曾经说过，在他看来，这甚至是世界治理的唯一普世准则。

Agape

　　贵族精神的重要内核就是无私奉献，吃苦为乐，利他为荣，为社会担当，为民族付出。一个人来到人间，走进社会，所需甚少而欲望太多，是人类过失的最主要的表现。

　　看着安杰莉卡，她的美貌和气质犹存，岁月更是增添了她的智慧、包容、仁爱和优雅。她的美无以言表，超越年龄和性别。维拉又想到了自己的爷爷。

　　我爷爷一位开国将军。每次谈起我的爷爷我都会很激动。因为我是我们家族中第三代人里唯一受过他关心爱护和教育的一个。我有幸跟他一起生活过两年，他的思想、他的为人、他对生活的态度都给我留下了难以忘怀的记忆。他对我的谆谆教诲和严格要求，以及他的言传身教，帮我确立了我的人生信条，也改变了我的人生道路。

记得我爸爸把我送到加拿大上学的第一天晚上吃饭的时候，爷爷拿出了茅台酒，斟上一杯后语重心长地对我说："小玮，第三代人里面我仅有机会培养你了。你一定要好好学习，热爱生活，有什么需要，高兴不高兴的事情跟我们讲。珍惜这次跟加拿大人学习的机会，把英文学好，以后你的视野会开阔，眼界会更宽，一定会走向世界，为国家、为民族做更多的贡献和有意义的事情。我希望将来你能有所成就！"话到此，我看到爷爷的眼圈红了。当时我小，还不是很明白他的意思，只是一个劲地点头。时过境迁，现在回想起这些，我才真正理解和体会到了一个老人对自己隔辈无私的爱和关怀！我真的是一个无比幸运的孩子。爷爷仁慈、智慧、严谨、真诚、性格开朗，博学多才，做事不失原则、做人不失底线，他的这些优秀品格和特质深深影响着我。

　　爷爷对我各方面要求极其严格，更不许有特权主义。国家配有专车给也，但他基本上不允许家里人用。他说："这是政府配给我为国家服务的，而不是为我家人和子女服务的。你们作为下一代也好，或者隔代也好，都要自力更生，要靠自己的努力做一些事情，要自己创造自己想要的生活，而不是依靠老人或者其他人。"当时，最让我不能理解的一件事情就是我在上学期间，有一次脚崴了，又肿又痛，走路非常不便，我实在不想坐公交车去学校。我就去求他，让司机小张叔叔接送我几天，等脚好了我再继续坐公交车。他很严厉地批评了我！我当时泪就下来了，生气地说："你是我亲爷爷吗？！"虽很生气，但爷爷的拒绝让我无奈，只得用自行车当拐杖，推到车站再坐公交车去学校。那时真的觉得他太没有人情味了。后来，我慢慢体会到了他的用意，他让我知道纪律就是纪律，做人不可以占便宜，无论公家还是私人。同时这也锻炼了我坚定的意识和不怕吃苦的精神！还有一件事情也给我很深的教益，每天放学回家爷爷不让我写作业，让我先教保姆认字和上数学课，他说他的生命是人民群众用生命换回来的，我要把所有人民群众当作自己的亲人一样对待和照顾。无论司机、保姆还是街上卖水的、扫地的，对他们都要有礼貌，并尊重他们，尊重他们的劳动，尊重他们的人格，尊重他们的心血！人人平等的思想观念就这样在我的内心里扎了根！

爷爷的很多精神影响了我的一生，见到了伯爵夫人，她的品格和真正的贵族气质再次感动了我，她的教养和做人的水准再次教导了我。真正的贵族精神就是严于律己，宽以待人，一颗感恩的心加上一个传承的精神！

保持正念
Be Mindful

在考德城堡有一个处处可见——从护城河的吊桥上到餐厅壁炉顶端——的家训"Be Mindful",悦喜问了我们每个人怎么领悟这两个词?觉知?正念?觉醒?内观?它含义广泛,它是一种精神传承,相信每个人都有自己的诠释!

家训的历史太悠久,已不可考,可能是从考德家族最老的格言"勿忘"演变而来。安杰莉卡做出的诠释是"宽恕、仁慈、给予,以及活在当下,随时关心身边的人"。正如她用23年如一日的坚持与守护,为考德的后代子孙及世人保留了完整的城堡和森林的精神。

刘玫说当心念发出的是正大光明的念,就会得到各种力量的支持和庇佑。落地到现实生活中,就是合乎"道"做事。我们要尽量悟道,知道,合道,爱道,按照客观规律办事,尊重自然法则。所以首先,我们要主宰好我们的心。确定无比清晰的目标,树立无比坚定的信心，把要求提得详尽具体……得到的支持和工具就会充分，从而容易实现使命，这就是心想事成的原理。考德家族的家训"保持正念"的深刻意义，就在于永远与内心在一起，倾听内心深处的声音，它仿佛很遥远，却又那么近；它好像很微弱，却又那么强大；它仿佛无言，但字字是指引我们的真经。

所以我们能做的便是秉持良知，守住内心，觉悟自我，端正念头，时时刻刻去做好当下应该做的事情！不断调整着自己的心念，不断完善自己的内心，不断升华自我的能力……至于结果，我们完全可以不去管它。当我们的每一个当下做到极致、精彩到极致时，结果会怎样，无憾便可！

反复默念着 Be Mindful 的悦喜在这一刻也若有所悟，这些森林女神的对话与讯息，其实就来自于静心状态下内心的声音。一起倾听世界的需要,倾听内心的声音,你会听见:宇宙在呼唤,大地在呼唤,雨林在呼唤,冰川在呼唤,蓝天在呼唤,爱在呼唤,光明在呼唤,创造在呼唤……万物一体,当生命无我利它之时,内在神性的声音自然能被听见,当生命无条件地给予时,人人都是贵族!

Agape
第五章

守护女神的力量

　　大家的第一次聚谈，在餐前餐后喝酒交谈的大客厅里。当时火炉噼噼啪啪地响着，大家有的看着火花，有的注视着剔透水晶杯里流动的棕色液体出神，在暖和的空气里愈发慵懒。安杰莉卡穿着高领灰色羊绒毛衣，银白的发色，很像《指环王》中的精灵女王，高贵脱俗。她举手投足间优雅、轻盈、洒脱，甚至非常幽默与俏皮，令女人也为之倾心。

　　听美得超凡的安杰莉卡轻轻谈起她的童年岁月，我们终于明白她眉宇之间的坚毅和大胆无畏是如何形成的。1944 年，当苏联进入安杰莉卡的家乡布拉格时，她的人生产生了天翻地覆的变化。她的波西米亚家族城堡被人占领，一些人在城堡里饮酒作乐，夜夜笙歌。甚至，其中一个人因为贪图安杰莉卡的母亲的美貌，举起刚刚出生的安杰莉卡来威胁她的母亲，如果拒绝与他相好，就要把安杰莉卡从三楼丢下护城河。为了摆脱这种胆战心惊的生活，安杰莉卡的父亲接受了美国人的帮助，全家逃离捷克暂时投靠在巴伐利亚的表亲家，后又离开欧洲前往非洲。"我懂什么是饥饿，这是一辈子都忘不掉的感觉。"在巨大的挑战面前，安杰莉卡内心无比强大的性格，成为她自食其力、勇敢追逐梦想的力量，支撑她一个人守护城堡的力量。

安杰莉卡有几句话至今犹在耳边："年轻时，去做想做的事，要相信自己有无限的可能性。""年轻时，不去做让自己会后悔的事。""20岁，我以为自己什么都懂，近半个世纪之后，却发现自己什么都不懂。"透过这些话语，我们仿佛感到像《绿野仙踪》里的狮子一般，有一股勇气注入自己体内，浑身充满力量。还有一句话，在悦喜心里是那足以燎原的星星之火："贵族是给予，奉献！当你放下担心，你一定会成为一个真正的贵族，你是个有力量的女人。"

悦喜自那次谈话后，感觉有一股生机勃勃的能量！

　　这能量源于考德的森林自然的滋养，是城堡 35 年以来一直种植的有机蔬菜，来自历史悠久的城堡，贵族的精神，伯爵夫人的光明与爱，这整个场域的力量，令生命重组了一些部分。

　　半夜躺在床上，我怎么也睡不着，这一回，伯爵夫人的话又升起：

　　"放下执着，关注自己的灵，这个才是真正的自我。"

　　"任何时刻，去做你的灵告诉你要做的事。"

　　此时，白色的森林女神又开始传达讯息：

　　　　用艺术唤醒生命，写出可传唱词曲简单的歌谣

　　　　道理是说给头脑听的，歌唱是传递给心灵的

　　　　可是我不会写呀，我试图逃避

　　　　开始吧，种下种子终会开花

　　　　喜悦是你的光，喜悦之光照耀世界

于是，半夜落笔，写下这一首极简风格的《灵鸟》：

灵鸟飞

我在飞

风穿过我的呼吸

爱

谁在爱

雨触过我的羽衣

家

灵在家

神牵起我的光明

I missing you

I loving you

I feeling you

Agape

飞呀
我和你
就这样飞着
飞呀
天和地
光芒四射着

任何时刻, 去做你的灵告诉你要做的事情!
当与灵鸟相遇, 生命就自由了!

爱就是全然付出

Love Is to Give the Whole of You

　　聊完一些严肃的话题后，安杰莉卡说："虽然相处的时间很短，但是我很喜欢你们，我对你们的感情亦母亦姐，所以你们有什么困扰都可以问我，我尽所能和你们分享我的人生经历给我的一点领悟。"维拉说："我虽然事业如此成功，却始终是个女人，也想有个肩膀为我挡风遮雨。找到灵魂伴侣就是我现在的愿望。"

　　安杰莉卡开始叙述她与休邂逅、倾心、步入教堂的心情与故事。

　　按照家庭习俗，安杰莉卡必须要在去英国读大学之前先去巴黎学习正统法语。本来计划是只在巴黎住三个月，结果，去了以后她就再也不想离开法国了，所以安杰莉卡决定违背家里的要求。完成学业之后，她在时尚界短暂地享受了最闪烁的明星能够吸引的注意力和占有的杂志篇幅，最后在巴黎最好的地段开了一家广告公关公司，有她的名气和上流社会的广泛人脉，公司业绩蒸蒸日上。安杰莉卡成为所有显赫家族的座上客，包括有千年历史的法国波利尼亚克家族、穆西家族和罗斯柴尔德家族，等等。当时的她，集地位、事业、财富、智慧、美貌于一身，追求者数不胜数。但是她非常享受自主独立的生活，不愿意为任何人去改变，是坚定的不婚主义者，直到遇见了休。

那天安杰莉卡为了谈业务从巴黎飞到伦敦，在排队等出租车的时候，有人从后面轻拍她的肩膀，问："我们好像曾经在哪里见过？"安杰莉卡心想：没想到现在还有人用这种老掉牙的搭讪戏码。便正眼都不瞧休一下地回答说："应该没有。"休说："不，我相信一定有，你是不是来过我的城堡？"安杰莉卡这下吃惊了，开始认真地打量休，才终于想起来说："对，前几年朋友邀请我去考德城堡度过周末。"破冰之后的气氛相当融洽。休就开车把急着赴约的安杰莉卡送到了开会地点，并给了安杰莉卡他的电话号码，希望安杰莉卡工作结束后能够一起吃饭。安杰莉卡那一天过得很开心，除了

业务很顺利，更重要的是和休共同进餐的时光很愉悦。因此安杰莉卡也留下自己在巴黎的电话号码，说："如果你哪天去巴黎，让我回请你吃饭。"几个月后，安杰莉卡在电话的另一端听见了休的声音，两个人对彼此的爱慕自然不言而喻。

当休求婚时，即使安杰莉卡成熟独立，也不免像热恋中的女孩一样征求闺蜜的意见。她们都说："你一定是疯了，这个苏格兰最大的地主，最有权势、最风流倜傥的男人拥有的情人比他衣柜里的白衬衫都多，而且他又比你年长许多，和前妻生的五个孩子以后一定会因为跟你争家产而不惜撕破脸。你因为不婚主义拒绝了那么多个好男人，现在选谁不好，偏偏选他。"

故事说到这里，壁炉里的柴火突然噼噼啪啪地响了起来。伯爵夫人做出了一个特别可爱的表情说："估计伯爵听到这些生气了！"

安杰莉卡很认真地继续说："我问了自己好几遍，但是我知道如果我不嫁给这个男人，我会后悔一辈子，而我的字典里不允许有遗憾两个字，所以我决定嫁到苏格兰，成为这个城堡的女主人。结婚17年后，休就因为癌症离开了我。的确，依照贵族社会的规矩，在我丈夫去世后，这个城堡一定要交给长子继承，何况我不是长子的生母，只会给我一个月的时间来整理行李搬出城堡。但是在重病之前，休就已经在遗嘱里面指定我为城堡的继承人，他知道我会好好替他守护城堡，会将古堡的精神和价值传承下去。直到我也去世了，城堡才会交还给休的长子。后来，休的长子果真因为城堡继承权诉诸法律，这一桩家庭丑闻在当时闹得沸沸扬扬，成为报纸杂志上老百姓津津乐道的八卦素材。但是我没有后悔，我知道我今生在城堡里的使命，这是我的选择，这不是牺牲。" 23年来她一直用自己的生命热爱、经营和维护着这座古老而美丽的城堡，将当年对伯爵的爱和关怀又一次注入了这个虽不能说话但可以相互依存和真诚交流的古堡里。听到这里，我们每一个坐在这个舒适而有格调的客厅里的人都为这个凄美的爱情故事所动容。17 年的陪伴对于人的一生而言说短暂也短暂说长久也长久，而安杰莉卡和休共度的这 17 年是用爱浸泡着的，无比甜蜜和幸福，那就是长久。之后的 23 年中安杰莉卡仍然感受着那份爱，秉承着那份爱，传承着那份爱！

看到我们眼角的泪光，安杰莉卡回过头来针对维拉的心愿回答："宇宙是很慈悲的，而且力量是无穷的。你要对宇宙有信心，相信它能够听见你的呼求，只要你够真心诚意，宇宙一定会满足你的愿望。可能需要一些时间，你只需记得要有足够的信心、耐心和爱心。"维拉听了泣不成声。

第二天早上，我们在享用离开考德城堡前的最后一餐时，安杰莉卡和我们分享了更多身为女人应具备的智慧，每一句话都深深嵌入我们心里。

"我看得出来你们都是独立能干的女人，做你们的男人肯定也不容易。有的时候不管我们多强大，在伴侣面前都要像'艺妓'一样。"这真的是安杰莉卡的原话，意思是：要放下自己，去照顾，甚至伺候自己的丈夫，要展现最甜美的笑容给他看。

"更重要的是，要将自己的心敞开，完全交付给另外一半，毫无保留。我知道这很难，尤其当时是我事业的最高峰，我也一个人生活惯了，"安杰莉卡说，"但是如果我当初没有这么做，我想我和休的婚姻应该顶多就维持半年。当然，这对伴侣的要求也很高。"安杰莉卡读出大家的心思：觉得这样全心全意地付出太困难，而且如果得不到回报，岂不是很受伤？于是她进一步解释："前提是你们需要找一个同频的伴侣，在心灵上能够产生回频共振，否则你们的下场会很凄惨。"她说完后，就连已经哭得一把眼泪一把鼻涕的维拉听了都忍不住大笑起来。

告别天使和魔法高地

离开考德的这一天，我想大家的心情都是复杂的。一方面带着因时差产生的些许疲惫，同时还在适应苏格兰高地这片奇幻大地传送的纯净能量，另一方面还沉浸在安杰莉卡的传奇故事当中。身体是疲乏的，心情是敬畏的，灵魂是兴奋的，收获是满满的。我们每个人，似乎穿越了600多年的时间隧道，跨越了亚欧非乃至宇宙的多维空间，在这个时空中可以轻易地回顾和反思自己的过去、现在和未来。

以前那么多过不去的坎儿，放不下的人情世故，忽然发现都是可以度过的。时间和空间虽看似沉默不语，你需要的答案总是深埋其中，目的之一是试炼你能否有足够的智慧找到这些"彩蛋"。但是，不需要太执着地去找寻，我认为懂得活在当下（carpe diem）很重要。彩蛋不一定是你"找"得到的，更不保证有捷径和"通关妙招"，过程中每一步皆是宝藏，这是目的之二。不过，我更相信人不应该只是想着把自己当下的日子过好，而是要明白拥有的财富和才华都是为了具备实现梦想和爱心奉献的能力，至少让明天和下一代不要比现在差。

看着面前这么多位女中豪杰，一向容易悲观的我，不禁在心里臆测：我们这会不会只是打鸡血的状态？回国后大家又要开始为公司的生存殚精竭虑，还有勇气聆听灵魂真正想实现的梦想吗？面对商场、官场里的尔虞我诈、唇枪舌剑，还能做到己所不欲勿施于人吗？曾经在一次闲聊中，我问西蒙说："这些体验真的有帮助吗？"一向善用巧妙又贴切的比喻的西蒙回答："就像吃头痛药一样，当下是有必要的，吃了也立刻见效，但是药效一过头痛又会复发，就需要再吃药。"这个回复没有让我觉得特别充满信心或者丧气，这么实际的答案反而让我释怀了。因为人性总是浮动、不稳定，所以我们才一直需要像考德的家训一样"保持正念"，不是吗？

因此我总是时不时提醒自己在城堡里那几天的感悟，回想那一片森林，回忆那一棵冬青树，反复回味安杰莉卡和我们敞开心扉分享的每一个故事。每每在一心为大众福利做利他之事却屡遭挫折，甚至萌生放弃念头的时候，我的脑海里经常浮现安杰莉卡的坚定神情，并默默地问自己森林里的女王和神树当时还想告诉我们或者透过我们传达什么讯息呢？经常想着想着我就会不禁想起大约一年前我内心做的宣誓。

一向睡眠质量很好的我，那晚竟然怎么都睡不着。因为宝贝小狗睡在我的脚边，我又不敢以大幅度动作翻来覆去，不免更加郁闷。我数着羊，尝试调整呼吸，又坐起来摸摸熟睡的小狗，再拿起手机看时间，发现几个小时已经过去，但是我依旧莫名地没有睡意，又躺下闭上眼睛，设法入睡。其实我第二天也没有早起的必要，不过就是不明白为什么如此反常，无法很快入眠的原因，所以烦躁。

突然我脑子里冒出一句话："我对你臣服，为你所用。"话才刚刚"说"完，我就看到这几个字从我脑子里飘出，幻化成闪烁的金粉，逐渐消散在空气中，我也就瞬间睡着了。其实也没有睡多久，我清晨醒来后在震惊中一遍遍回想如此奇妙的体验。奇妙之处在于那句话不可能是我平常会使用的语气和措辞，而且听起来实在是太庄严肃穆，绝对不可能是在我失眠的情况下会说的话，与那个语境太不相干了！我一直想不通为什么我会冒出那句话，更好奇那个"你"是谁？在没有得到确定的答案之前，我跟自己解释，这句话的重点是"臣服"。那一刹那，我不是用头脑思考，而是从深层的真我意识做出承诺：臣服于大地母亲，臣服于大自然和宇宙法则，臣服于自己纯粹的初心，臣服于自己必须完成的使命。因为臣服，所以敬畏、谦逊、无惧。我是这么要求自己的，也因此战战兢兢，怕自己做得不够、不好。

在回程的火车里，我的思绪飘回了考德树林和神树前，并再次

表达臣服与感恩。祈求如果我值得的话，他们能够给我更多智慧和勇气，完成我的使命。

后记

距离从考德城堡回到中国已经 8 个月了，期间发生了许多虽称不上惊天动地，但也算得上是振奋人心的变化！

北极斯瓦尔巴群岛的国际会议真的在 2016 年 5 月成功举行了！全世界超过 200 位的皇室成员、前国家领导人、联合国官员、国际非营利组织主席、企业领袖、公关媒体界名人，还有数十位自费前往的志愿者支持我们的现场活动。所有人乘坐我们精心安排的包机飞往这个人烟稀少、天寒地冻的"城市"——朗伊尔城。

我们之所以选择在斯瓦尔巴群岛开会是因为这里是世界末日种子库的基地（又名：斯瓦尔巴全球种子库 [Svalbard Global Seed Vault] ）。它是挪威政府在北冰洋的斯瓦尔巴群岛建造的一个保存全世界农作物种子的贮藏库。这个工程得到了联合国粮农组织的支持，被称为是全球农业的"挪亚方舟"。这里没有人为的"原住民文化"，群岛的主人翁是北极熊。这片土地也没有被人为地划分给任何一个主权国家，它向全球文化敞开。这是一次在纯粹能量下举行的心灵的、思想的和大自然的盛会。

许多人是第一次来到这样人迹罕至、天寒地冻的极北地区，更是第一次不被身份和名头限制，在短短的三天里"亲密接触"寸草难生的北极、冰雪覆盖的荒原与极昼的光明。一切令人心生敬畏，只因人类其实很渺小。我们跨过语言和国界的藩篱，结为伙伴，共同遨游于宇宙，接受大自然的洗礼。在音乐、诗歌、舞蹈的熏陶下，怀着敬畏之心探讨人类"是时候"（这是本次会议的主题）该为自己和这个世界做些什么。

是时候让我们正视当今人类所面临的困境，是时候让我们尝试用不同的视角来看待今天世界的变化，更重要的是是时候让我们回归本心，看到成长的机会，并为世界做出贡献了。

大会在中外民歌中展开，联合国副秘书长杨·埃利亚松、英国查尔斯王子，以及著名历史学家许倬云分别为大会发来视频致辞及祝贺，就当前全球所面临的问题给出他们富有洞察力的见解，以及他们的深切期许。前拉脱维亚总统，也是现任马德里俱乐部主席瓦伊拉·维凯－弗赖贝尔加女士，沙特阿拉伯图耳尔基亲王，著名经济学家布莱恩·亚瑟，以及美国著名历史学家大卫·克里斯蒂安等著名专家及学者参加了会议。中国的企业家团队横跨多个专业领域，包括时尚、中医药、金融、教育，等等，最令人敬佩的是他们也是大会幕后不求功名的赞助人。这些企业家透过自己的故事和行动向所有的与会代表展示中国至少有一个群体关注着气候变化，并为实践生态文明而努力着。

我们一同坐着破冰船在海上远航，四个小时的航程却没怎么看到冰面，这让我们切身体会到气候变暖的严峻事实；我们也跨上雪地摩托车在翻越冰原，茫茫旷野中，见证了大自然冷酷无情的力量，反思作为一个人，我们是否足够坚韧，如何才能在极端条件下继续生存⋯⋯

　　在行程结尾，我们站在世界种子库的前面，庄老师带着我们静心，让我们感受自己内心开了一朵花，一朵像小王子珍藏的玫瑰，虽然美丽却需要用爱心灌溉呵护的花。200多人虔诚的能量聚合，200多朵花，在雪地上开出了一片斑斓的花园。

　　我们怀揣着转变的力量，立愿在离开"种子岛"后，成为散落在全球各个角落的新文明种子，传播以爱为动力的思想及行动。

会议之后，几位伙伴都写下了她们内心的感受，陈立说："真正的沟通，不管是我们的家人还是环境，需要心这一层能量的打开。生活中的每一个关系、每一件事情，如果在能量的层面上、在心的层面上串联起来，就可以不受限制，做到更多事情。"

维拉说："种子岛的会议虽然结束了，却给我们留下了更深层的思考。世界危机四伏，无论经济、自然环境还是道德观念都在影响着我们的国家和生活。我们到底该如何面对并解决这些问题？个人力量虽微薄，但身体力行是关键！让我们用智慧去感召身边的每个人，让我们用行动去带动身边的每个人，让我们用心去连接身边的每个人……"

雪晴说："这是由中国人主导的一次生态环保国际会议；这是一次让西方看到中国对环保尊重、担忧并提出解决方案的国际会议；

这是一次让世界看到中国传统文化在当下能对地球做出何种贡献的会议。

"我想中国人骨子里追求的天人合一、与宇宙共生、适度获取思想，会是今后全球生态环保的引路灯：我们不仅用逻辑解决问题，更用心看待问题。"

悦喜说："进入种子岛后我进入了混沌的状态，进入了一个探索的过程，很复杂，很难表达。我感觉到这个过程，这段时间对我来说不是很容易，但是我感觉到这是必须走过去的，只有走过去，真正的种子的力量才能爆发。我也认同，践行和行动很重要，所有的思想、触动、连接、碰撞，必须化成行动，才能在物质世界发生改变。"

刘玫则写下诗歌：

Agape

在阳光明媚的夜晚，

我们找寻全球生态危机的解决方案。

在永不落日的白天，

我们也永不停息地探索实践。

在雪花纷飞的白色五月，

我们呼唤鲜花盛开的春天。

在冰天雪地的北极，

我们火热的心能把全球温暖。

在世界末日的种子岛，

我们光明正义的火种已经点燃，

那喷涌而出的力量，

能够让地球的生命之花绽放得美丽而灿烂……

会议结束后的半年内，一些种子已经开始发芽了！

首先，这次活动象征着庄老师与瑞典智者博先生和西蒙于 2015 年 9 月在朗伊尔岛创立的北极光基金会正式启动！博先生是拥有 40 多年历史的塔尔伯格基金会创始人及终身名誉董事长。西蒙是英国最大的传播公关公司高级顾问和查尔斯王子基金会顾问。北极光基金会的宗旨是探索行之有效的方法，以推动人类文明适应环境、生态、政治、科技和社会系统快速变化的进程。其使命是在当今所有软硬件及高新科技大行其道的时刻，从全球的体系机制的角度，为人类更好地在地球上生存探索切实可行的设计方案。基金会秉持的基本价值观是：平等，正义，团结，安全，民主。"己所不欲，勿施于人。"

　　虽然北极光基金会成立在欧洲，但是其精神内核完全吻合"人类命运共同体"的观点，融合了"天人合一"、"知行合一"和"和谐共生"等内涵，充分表达了中国数千年传统文化的精髓，包括人与宇宙紧密结合互动的信念，以及能够实践落地的务实态度，同时又清楚地表明不同民族和文化之间，必须建立既独立又互相依赖，既保持分离又能共同生活的方法，如此才能保护人类和环境的永续发展。这一愿景和真正的抱负需要不同国家和不同文化之间以新的形式互动。东西方都不应该故步自封。我们要解决共同面临的困难，以及各自面临的困难，也就是独立和共生。（正如伟大的人类学家格雷戈里·贝特森所说："我们面临着双重的约束，即独立和共生。我们如何才能在不破坏人类及其环境的条件下认识到这个现实？"）

　　北极光基金会其实也没有答案，它只是透过弗力多学院不断进行探索。弗力多学院是在北极光基金会下设置的探索学院。这不是一个预先设置固定课程的学校，而是一个根据参与者的思想不断启发而互相学习的学院。由参加者来决定学习之旅，学习什么。也许一无所获，也许会碰撞出绝佳的思想火花。在学院的学习会围绕大量对人类发展至关重要的宗教经典、历史文献、诗歌，以及其他艺术作品。学习者把自己置身其中，设身处地地把自己当作"那个人"来做决定——把自己当成马丁·路德·金、佛陀、拿破仑、希拉里、一个 CEO 或者普通人。在一个小组里，大家分别进行角色表演。最重要的特色就是参与者自己承担学习的责任，既为学习成果，也为他们所秉承的价值观和文化理念。

华道团队创建的崇州生态社区也发芽了！2016 年 7 月 24 日，华道生态社区正式开村了。社员们欢聚一堂，共同庆祝浇灌着我们爱心、梦想与汗水的家园揭开面纱。我们在一起回顾走过的路，一起讨论社区公约，也探讨具体的生态生活细节。这可是第一个在中国由 80 多个向往天人合一生活的家庭以众筹模式建成的低碳社区，也是我们这七个公主和庄老师共同努力的果实。虽然多数家庭因为工作和孩子上学等诸多现实因素，暂时还无法真正搬进社区长期居住，但是在暖房的短短一周，大家已经对这个还很稚嫩的社群产生"家"的感情了。几家人三餐一起煮；一起实践着断舍离，让生活简单朴实；实验各种垃圾分类和厨余处理的方法。我们都有和悦喜丈夫一样的感触：大人们不用再为孩子的安全提心吊胆，家家户户做到夜不闭户。小孩子们几乎忘记了手机和电脑，也不再缠着爸妈，他们奔跑在田野间，无邪的笑声传进互相串门的爸爸妈妈耳朵里，爷爷奶奶则在厨房里围着炉灶忙得不亦乐乎。虽然经过了数不清、道不尽的坎坷，但是每次看到这一幕大家就忘记了所有的辛酸，只剩下坚持！华道社区的愿景是将中国的文化传承以创意和创新的方式活出来，不仅让老年人安享晚年，更能够吸引年轻人在这里实现安家和理想合一的心愿。

9 月 15 日我们再次团聚在社区，庆祝社区第一季稻米成熟，一起参加"秋尝"仪式，也一起绕行哲学步道，与庄老师共同探讨何谓华道精神。2017 年 4 月，这个家园将携手家人和周边的村民们合力孵化出华道低碳生活艺术节，倡导生态生活模式，践行生态生活理念。

卫宁回忆起庄老师两年前在华道讲谈中分享的内容，特别有共鸣的是四个字——"正大光明"："良知为正，良知就是做好事、做善事，我的理解就是天理，遵从个人内心深处的根本念头，那就是我们内心的良知；义行为大，我们希望自己所作所为利人、利他；真理为光，这个理是什么，我还在摸索；除恶为明，从别人身上看到很多自己要改善改进的地方。"悦喜说："我对自己的定位有四句话：心如磐石，义薄云天，温暖如炬，光明如电。"

陈立说："当我们把个人成长、家庭和谐、大家庭和谐、事业资源和生命追求，都融合在一起的时候，就是一个自然而然往前创造很多潜力的过程。"

庄老师送给华道社区的祝福是四个字——"花华哗化"。化，是一只匕首插着一个人，这个人便是自己。转化的过程必定是刻骨铭心的，这样才能造化自己。种子撒到春天的土地上，开出生机盎然的花；在夏季，百花齐放，还有种子长成为繁茂的大树，这积极生长的状态，称为华；树荫一大，必然大家容易产生不同的意见和话语。你一言我一语，到秋天，枯叶纷纷落下，窸窸窣窣的声音，是为哗。冬天到了，这些纷扰皆需要"化解"掉，满地缤纷，落花落叶，将转化为大地的能量。这是生命的过程、文明的过程。

我们这次特地邀请华道生态社区的老朋友西蒙"回家"，请他从西方人的视角阐述对中国的"道"的理解。西蒙说："有的时候语言的确给我们造成障碍，但在这里没有障碍。我记得华道的第一次讲谈，是从一条河流开始。那次会议我们在讲河流时我就想，我们就是连接天地之间的这条河流。昨天在林老师的画室里，我们深刻感受到我们作为人类的脆弱，以及宇宙的无限。跟大家在一起，在生态社区，我非常感恩和荣幸。你们做了非常辛苦的工作，能够让这条河流开始流动，任何一条河流都是可以随意流动，也可以流向任何它想去的地方。华道这条河流已经在世界范围内流动，到最北边的冰川，也经历了西班牙的热浪，也流到了英格兰和苏格兰的城堡，无论这条河流流向哪里，都深深打动了那里的人们的心灵和头脑。我也必须告诉你们，这条河流的流动，也深深打动了未来英国国王的心灵。为什么？因为他们深刻意识到大地需要水，生命之河。非常重要的是，大家要清楚，河流有它的流向，虽然有的时候水会

干涸，但只要还有一滴水，它就有潜力。有时候，人们很容易在自己面前树立墙壁，这堵墙会挡住水的流向，这时候水就会绕道，反而更加有力。在座的各位都是河流的一部分，有一些很深的扎在水里，有一些坐在岸边看着河流流动，但是水一定会流动。我唯一的建议，不要让这个水只是经过你身边而已，你要成为它的一部分，就像所有伟大的河流，都是千条江河汇聚，他们会连接天地。当我刚才听大家的讲述，在那个时刻感受我们都在同一片天空下，就像今天的世界，我们今天实际面临非常大的压力，这个华道生态社区不仅仅是和自然连接，而且是跟未来和人性连接，我们都有机会来问一个问题：什么是人性？这条河就是了解人性的重要途径，对我来说，道就是这么简单。感谢你们的微笑、你们的欢迎、你们付出的爱，感谢一切。"

西蒙最后还说："华道是生命转化的动力。"庄老师延续他的话：

"华道还是一个被转化的权利。"他们的话令在场所有人都陷入了沉思。

直到今天，我们七个仍旧在探索和感受华道"转化"生命的力量。

刘玫也经历了巨大的突破。安杰莉卡的"新农人"精神和实践给了她巨大的鼓舞，她于是决定走出无论是物质上还是社交圈子、项目操作模式等各方面自己的舒适区，在 2017 年 4 月举办一个国际活动——中国生态农业大会暨世界新农人大会，以传播美好的愿景并落实行动。和种子岛聚会的理念一脉相承，刘玫同样用探索的精神和承担的勇气来关爱人类与世界。这个活动将积极号召来自五湖四海的新农人共同关注粮食安全、食品安全及妇女儿童权益问题（尤其是在气候急剧变化的挑战下）。这些义行将立足于中国，贡献于世界。

　　当前，中国政府已经吹响了发展农业、改变农村、富裕农民的号角，这是具有重大意义的战略决策，因为中国经济转型的基础在农业，最大的市场空间在农村，人民福祉的主体是农民。但我们也看到，经济增长与结构调整的矛盾，农业落后与粮食安全的矛盾，健康中国与食品安全的矛盾，城市拥堵与农村凋敝的矛盾，等等，都不可回避，上述矛盾都与三农问题有关，已成为实现中国梦的挑战。

　　放眼世界，全球范围的生态危机、粮食危机、发展失衡、贫困问题、食品安全，等等，更是愈演愈烈，这些问题，也主要是农业农村领域的问题。最近几年，越来越多的社会投资纷纷投向三农领域，而且取得了明显成效。国际上的有识之士也在不断寻求解决之道。因此刘玫废寝忘食，要搭建这么一个平台，以土壤、种子、水三个主要生态元素为议题，展开对新农业创新科技研发以及落地实施方案的讨论，推动艰巨而复杂的三农问题的解决，并为全球可持续发展提供可行路径。

陈立继续带着一颗恬静的心遨游世界，足迹覆盖了日本、不丹、尼泊尔。离开考德的半年后，她还带着儿子和几个好友重游考德，再次进入森林并对其表示崇敬。强烈的能量指引让她很顺利地找到那个特别的草坡，和依旧守护在那里的国王及骑士对话。而她住在当地的朋友，在此前和此后却总是无法找到那个地点。她看似享受旅程，不理世事，其实在推动各个公益行动；她在参加了在北京国际交流协会可持续发展专业委员会陆续举办的汉旺—西班牙蒙坦切斯"目"座谈会之后，又参与发起刘玫的丈夫在本会平台上进行的位于中美洲加勒比海西印度群岛的"中加明珠"项目。

卫宁和我作为可持续发展专业委员会国际合作部的工作人员，

全力投入本会一连串的遍布全世界的国际活动筹划，以及在中国多省落地的实践项目。我们和一小群默默耕耘的伙伴共同努力，把本会的宗旨和使命不断透过脚踏实地的行动传播出去，希望我们无私的分享可以感染更多的人加入我们这艘虽不大也不华丽，却在风雨中无畏无惧继续迎浪前行的船。

我尤其想带动更多 80 后的年轻人。自去年开始，我不断在大学里举办公益讲座，谈公共外交和沟通礼仪。虽然目前他们对我的分享似懂非懂，对未来的人生规划更是云里雾里，但是我希望在这些学生进入社会之前，在他们心里面播下一颗种子，让他们开始关注世界各个角落此起彼落的难题，并思考如何增广见闻，从培养自信做起，进而在与他人的沟通时体现中国气度与谦逊和谐的美德，消弭纷争。为了这一小小心愿，我和朋友成立了一间游学工作室，用我多年累积的人脉和文化资源规划出许多独一无二的世界探索路线图，让年轻人更了解自己，及生活圈外的另外一个世界。

当今的世界，正在持续不断地出现各种各样的灾难，环境上、政治上、经济上、文化上，甚至是人口上。但是，就像水流终将汇聚成大海一样，地球演化的进程任谁也无法阻挡，而这其中最重要的原动力，就是年轻人。

现在，中国乃至全球都开始重视环境问题和农业问题，每年都有无数的大、小论坛和会议在召开，不停地探讨、研究当前的形势和未来的发展。这些会议有助于生态理念的推广，但是随之也出现了另外一个问题：实践难。

GDP 如今依旧是衡量国家发展水平的标准，但许多经历了物质巅峰的人，已经逐渐开始转变意识，摒弃金钱至上的理论。这种和

社会主流趋势背道而驰的做法，在推行过程中也会遇到很多阻碍。现实状况是，如果不能掌握行业内的绝对话语权，那就意味着很多的牵绊和关系的纠缠，毕竟人是在社会关系中生存和致富的。

相对于经济和社交生活圈子已经相对固定的成年人，年轻人则更具灵活性，更加不会被束缚。随着时代的进步、国家的开放，年轻人能够接受世界先进思想的机会也越来越多，逐渐成为崇尚自由、敢于创新、追求梦想的有志青年。

世界需要新体系，国家需要新力量，年轻人需要新生活。前人的成功需要尊重，需要学习；未来的成功需要勇敢，需要创新。

再过几个月又到了一年一度拜访安杰莉卡的时刻了，不知这次又会有什么奇遇，还能听见什么更动人的故事，这次又会是谁有机缘前往古老的苏格兰高地接受大自然的洗礼，住进城堡见证考德庄园 600 年来的惊心动魄和返璞归真，最终在冬青树下回归初心与灵魂共鸣。

《阿嘎佩：爱是幸福的秘钥》读者调查

　　感谢您参加本次读者调查活动，传真或邮寄此页(附购书小票)回编辑部，即可获得神秘礼品一份（数量有限，赠完为止）。参加此次活动者还将通过邮件不定期收到时尚生活编辑部最新出版信息，敬请期待！

Step1您的基本资料

姓名：＿＿＿＿＿＿＿＿＿＿　性别：□女 □男

年龄：□20岁及以下 □20—30岁 □30—40岁 □40—50岁 □50—60岁

电话：＿＿＿＿＿＿＿＿＿＿　E-mail：＿＿＿＿＿＿＿＿＿＿＿＿＿＿＿

学历：□高中（含以下） □大学 □研究生（含以上）

职业：□学生 □教师 □公司职员 □机关 □事业单位 □媒体 □自由职业

Step2您对本书的评价

您从哪里得知本书的信息：

□书店 □报纸 □杂志 □电视 □网络 □亲友介绍 □工作坊 □瑜伽馆 □其他

读完这本书您觉得：

内容：□很吸引人 □还好 □枯燥(请说明原因)＿＿＿＿ □您的建议＿＿＿＿

封面设计：□够酷 □还好 □没注意 □不好(请说明原因)＿＿＿＿＿＿＿＿

□您的建议＿＿＿＿＿＿＿＿＿＿＿＿＿＿＿＿＿＿＿＿＿＿＿＿＿＿＿

价格：□偏低 □合适 □能接受 □偏高 □您的建议＿＿＿＿＿＿＿＿＿

Step3您的建议

您喜欢哪种类型的书籍：

□经管 □心理 □励志 □社会人文 □传记 □艺术 □文学 □保健 □漫画
□自然科学　其他＿＿＿＿＿＿＿＿＿＿＿＿＿＿＿＿＿＿＿＿（请补充）

您不喜欢哪种类型的书籍：

□经管 □心理 □励志 □社会人文 □传记 □艺术 □文学 □保健 □漫画
□自然科学　其他＿＿＿＿＿＿＿＿＿＿＿＿＿＿＿＿＿＿＿＿（请补充）

您给编辑的建议：＿＿＿＿＿＿＿＿＿＿＿＿＿＿＿＿＿＿＿＿＿＿＿＿

地址：北京市东城区东四12条21号　中国青年出版社时尚生活编辑部 404
邮编：100708